Michael Ondaatje

Coming Through Slaughter

劫后余生

〔加〕迈克尔·翁达杰 著
朱桂林 译

人民文学出版社
PEOPLE'S LITERATURE PUBLISHING HOUSE

著作权合同登记号　图字 01-2018-0851

图书在版编目(CIP)数据

劫后余生 /(加)迈克尔·翁达杰著;朱桂林译.
—北京:人民文学出版社,2018
(翁达杰作品系列)
ISBN 978-7-02-014021-3

Ⅰ.①劫…　Ⅱ.①迈…　②朱…　Ⅲ.①长篇小说-加拿大-现代　Ⅳ.①I711.45

中国版本图书馆 CIP 数据核字(2018)第 062206 号

责任编辑　**甘　慧　潘爱娟　邰莉莉**
装帧设计　**钱　珺**

出版发行　**人民文学出版社**
社　　址　**北京市朝内大街 166 号**
邮　　编　**100705**
网　　址　**http://www.rw-cn.com**

印　　刷　**上海利丰雅高印刷有限公司**
经　　销　**全国新华书店等**

字　　数　**100 千字**
开　　本　**890×1240 毫米　1/32**
印　　张　**6.25**
版　　次　**2019 年 7 月北京第 1 版**
印　　次　**2019 年 7 月第 1 次印刷**

书　　号　**ISBN 978-7-02-014021-3**
定　　价　**49.00 元**

如有印装质量问题,请与本社图书销售中心调换。电话:010-65233595

献给昆丁和格里芬

献给斯蒂文、斯凯勒、托利和诺思

纪念约翰·汤普森

一九〇〇年初，巴迪·博尔登开始崭露头角。他是用嘹亮激越的爵士乐和布鲁斯为舞蹈伴奏的第一人。他有一支很棒的乐队。准确地说，是一支不按乐谱演奏的乐队。后来，阿姆斯特朗、邦·约翰逊、弗莱迪·凯帕德都知道是他创立了优秀爵士乐。约翰·罗比查乌克斯拥有一支真正的按乐谱演奏的乐队，然而无论在哪里演出，巴迪都远胜于他。当巴迪在列队里演奏，他吸引着人们与他一起走过运河街。他看起来总是神采飞扬。后来他买了一只短号，他把短号擦得锃亮，就像女人的大腿一样闪闪发光。

——路易斯·琼斯

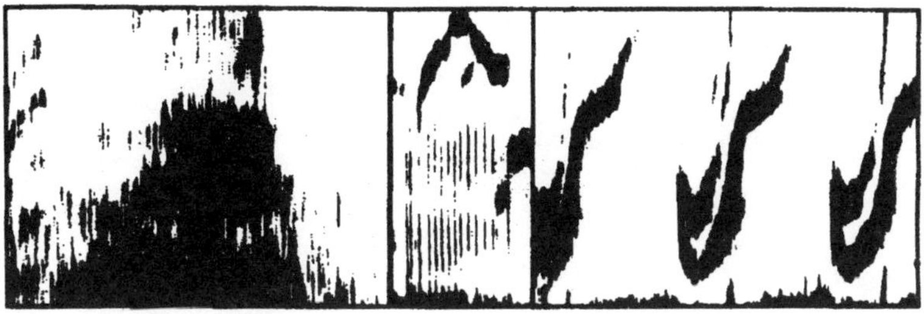

三张声谱图——图片描绘的是海豚的声音，由一台比人类耳朵更灵敏的机器绘制而成。左上方声谱图表示的声音是“呱呱”。呱呱声是常见的情感表达方式，它们有很多种频率和音高，而这些不同频率和音高的呱呱声可以被同时发出。右上方声谱图是哨音。注意，哨音频率的数量很少，这样发出的声音是“纯”音——不是呱呱声。对于海豚来说，哨音像是它们独特的标识，可以用它分辨每只海豚及其方位。中间的声谱图是一只海豚同时发出两种声音。竖条纹是海豚用作回声定位的咔哒声（尖厉的多频次声音），形状像山一样的黑色驼峰，是它们的标识哨音。没人知道海豚是如何在发出哨音的同时，还能发出咔哒声。

第一部

他的地形。

今天，开车转转，看看街角林立的小店。店主的招牌被各种广告牌覆盖。他暂居过的处所对面的塔辛食品店已被团团包围：**喝瓶装可口可乐**、**伯克沙士根汁汽水**、**李劳拉客栈**——广告牌在阳光的照射下已是斑斑驳驳——**汤姆·摩尔**、**黄石**、**杰克斯**、**可口可乐**、**可口可乐**，[①] 那些原本鲜艳的黄色和红色现在已经失去光泽，映衬着白色的横条木板墙。这个街区，这里的住宅与商店，距离因爵士乐而著名的那几条大街约一英里远。格拉夫街、菲利普斯街、弗斯特街，或他母亲家隔壁的阿拉若山传教士浸礼会教堂，没有一首歌是关于这些街道或地点的，它们只是被竖着写在电话线杆上的街名，或你走过的已渗入人行道的字母。**格拉夫**。对于那些摇摇欲坠的木屋来说，这个街名实在新潮了些，门

① 都是软饮料品牌。

牌、门廊，还有台阶都已破损，现在已没有一个人坐在屋外。再往前你就能看到兰帕特街，接着往上走是巴辛街，再往上经过一个街区，就是富兰克林街。

这里鲜有成文的历史记载，尽管流传着关于“沼泽地”和“烟巷”的零星传说——这两个臭名昭著的社区，聚集了大约一百名黑人妓女，从还未发育的少女到七十多岁的老妪，全都争相拉客。就是在这里，名妓布雷克托普·杰克逊，随身带着一把十五英寸长的刀。她的情夫、没有左臂的约翰·米勒，安装了一根末端系着铁球的铁链代替失去的左臂。一八六一年十二月七日，他被布雷克托普杀死，原因是他“卑劣的习性和凶残的行为”。还是在这里，“独腿达芙”，本名玛丽·瑞奇，被她的男友刺中，还被她自己的木腿敲破了脑袋。“还有带着可卡因去赌钱的赌徒们”。

历史在这里缓慢流淌。历史在城里的其他地方，在斯特利维尔的花街柳巷，那个有人赚钱有人输钱的地方——黑人妓女和乐师乘船从四面八方的郊区抵达这里，黑人嫖客却被拒之门外。在那里，一八六〇年，未成年处女的价格是八百美元。在那里，迈尔斯医生开始了治疗淋病的生意（他后来做起了消食胃药的生意）。良家妇女佩戴名为

“第戎的荣耀”和“马歇尔·尼尔”的玫瑰，妓女则出售“巫粉”和“润滑油”。财富滚滚而来，满地流油。到十九世纪末，已有两千名以此为固定工作的妓女。至少有七十名职业赌徒。三十名钢琴乐师，他们每人每周能拿到数千美元的小费。卖淫及其相关的营生每周收入可达二十五万美元。

“地头蛇”汤姆·安德森住在兰帕特街和富兰克林街之间的地方。每年，他会出版一本蓝皮书，上面列有新奥尔良所有妓女的名字。这是一本这个地区的娱乐指南，妓女名字是按字母顺序排列的，前面是白人，后面是黑人：从住在海关街一二〇〇号的玛莎·爱丽丝，到北巴辛街二一〇号的路易莎·沃尔特，然后是有八分之一黑人血统的混血儿。这本蓝皮书和类似的指南记载详实，无所不包。指南里记载的任何一幢房屋，你都可以进去荷包满满，出来两手空空。无论你装着多少钱，额外的项目都会让你挥霍一空。比如看一次牡蛎舞——一个不穿衣服的女人，站在一个小舞台上，跟着钢琴伴奏独自起舞。最优秀的当数“牡蛎舞娘奥利维亚”。她跳舞时，可以在前额放一只活牡蛎，然后身体往后仰，抖动身体让牡蛎滑遍全身而决不会掉下去。牡蛎会来回交叉沿着她的身体一路往下爬行，最终到达她的脚背。接着，她脚一踢，把它抛入高空，然后用额头接住，又从头开始表演。还有海关街（后来更名为伊贝维尔街）三三五号——他就是在那条街上发疯的——你可以去法国人爱玛那里的“六十秒项目”上碰碰运气。无论是谁，在插入她的身体后能控制住一分钟不射的人，一律免付嫖资两美元。爱玛有时也会让某人赢一次，以鼓励其他人，但她私下吹牛说，没有她战胜不了的男人。因此，无论你去的时候带了多少钱，出来的时候都是两手空空。格雷斯·海斯甚至还养了一只宠物浣熊，训练它去偷客人的钱包。

安德森可以说得上是博尔登的资助人，给他钱养家糊口，让跑街男仆每天给他送两瓶威士忌酒。运河街左边住的是迭戈·托尼，在博尔登极红之时资助过他，也给他送过罗利黑麦威士忌和葡萄酒。运河街的左边还有几处博尔登住过的房子，现在它们还在那里，没有被记载上册——都是一些会漏雨的破败平房。菲利普斯街、弗斯特街、格拉夫街、塔辛食品店，这些地方所有的酒馆全天营业，但都紧闭大门以抵御高温和日晒。开着车来回转悠，在弗斯特街和利伯蒂街的交界处有一栋房子，房檐挑出，一直伸到木板铺成的人行道上方，撑住房檐的柱子上涂着理发店的三色条纹标志。这就是 N. 约瑟夫修面馆，巴迪·博尔登工作过的那家理发店。

◇

他把一块热气腾腾的毛巾搭在一张脸上。露出供嘴和鼻呼吸的孔。博尔登走到一边跟其他人聊天。让这位客人在热气里做一分钟冥想。放学后，孩子们会来理发店，看男人们的胡子被刮掉。每刮完一位，他们都会拍手吹口哨。打赌肥皂沫下面的脸是谁的。

◇

N.约瑟夫修面馆。一个大房间，墙上还残留着卢拉·怀特在这儿开桃花心木堂妓院时所贴的墙纸。两个洗脸盆前面摆着两张理发椅，沿着墙边摆放着一排旧椅子，那是别人捐赠的。客人，更多的只是访客，就坐在这些椅子上喝酒聊天。酒被喝光酒瓶没法再往下传递的时候，气氛会变得紧张，他们从木架上拿了可乐继续传递着喝，直到安德森或迭戈·托尼再派一个跑街男仆把酒送到。一瓶新的酒在屋里传递，胡子刮了一半的客人、正在工作的博尔登都来上一口。几轮下来，酒被喝得一干二净。博尔登喝酒是扯开了喉咙往里灌，因此有时晌午时分就已经酩酊大醉。这个时候，他理起发来派头十足。亲近的好友需要找他理发和修面，通常会早早赶到，赶在中午之前。

下午，一个偶然路过的客人可能会坐到理发椅上，由一个稍微清醒的人涂上肥皂沫。接着，博尔登会挣扎着进到屋里，对谴责他的人大声抗议，说自己拥有钢铁般的意志。于是他继续给人理发，或遇到什么做什么。他大声哼着歌，俯身靠近吓得汗水直流的受害者，剪呀剪，向这位身体都不敢坐直的客人描绘他想象中的新发型。他说服客人剃去留了十年的胡子，话里同时夹带着一些生猛的新鲜出炉的八卦，把正担惊受怕的客人撩拨得一次次勃起。随着下午的时光将尽，他精心准备的一个个撩拨人心的色情故事，总是以杰西·奥洛夫小姐生前最后一个假期在一家加拿大旅馆的著名事故而达到高潮。因此，朋友们都早早赶来，以避开下午的嗜血剃刀。下午四点，无论什么情况，理发店打烊，他去睡觉。

睡眠让博尔登完全清醒，这是一个财务悲剧。他那清醒的脑子，清楚得像一条空无一物的马路。他又开始随意地喝酒，不过，因为晚上还有演出，所以现在喝得不多。他的睡眠时间是从下午四点到晚上八点。他的一天从早上七点开始。他走一英里路送孩子们去学校，在路边的水果摊买些水果，给孩子们当早餐。花半小时走路，还有半小时让孩子们坐在路堤上把水果大餐吃完。在这一刻，他把他想到的、他听说的、他知道的一切都教给他们。他把他们当成大人对待，用荒诞不经的故事跟他们开玩笑、打趣，他们已经学会辨别哪些故事是真实发生过的。他们沿着洗得干干净净的大街往下走，两个孩子走在他的两边，一人伸出一只单薄冰凉的小手，抓着他的一根手指，路上他将自己所有的事都告诉他们，毫无保留。最后，两个孩子比他们的那些老师更了解街头政治。反过来，他也从孩子们那里学到了最新的街头歌曲。八点，他们到达学校。他搭一辆公交车回运河街，然后前往弗斯特街，路上跟每一个人打招呼。

他做得太少的是睡觉，做得太多的是喝酒，很多人把他后来的崩溃解读成一个天才放荡无度的道德故事。但在这个时期，由于对时间仔细的分配，他的生活保持着良好而精确的平衡。理发师、《蟋蟀》出版人、短号手、好丈夫和好父亲、被认为伤风败俗的人。理发店开门后的一小时左右，一般没有客人光临。要是有人在那里，一般都是给《蟋蟀》提供新消息的“蜘蛛”。他把获得的所有情报，不加编辑地全都写在一张大纸上。接着他理发到四点，然后走回家跟诺拉一起睡到晚上八点。两人醒来后卿卿我我一阵。吃完晚饭他去共济会舞厅、环球或其他地方演奏。他将登台演出。

他是他那个时代最好的、乐声最嘹亮的、最受喜爱的爵士乐手，但他从没想过以此为生。他毫不在乎嘴唇裂开，他能吹出并稳定住响亮的音调，他吹出的第一个音符就能直灌耳膜。他被空气的魔力吸引，那些有味的空气经过他的肺循环一次，再从被选中的键里吐出来时就变成了中性。他用嘴角兜住一网空气，把它充进音符，让它不停回响，渴望将它高悬在空中，就像空气会变成云。他能看懂空气，能凭借色彩说出一间屋子里最新鲜的空气在哪里。

因此这名业余乐手偶尔会跟乐队一起，到共济会舞厅登台演出，爵士乐迸发，一波又一波。演奏就像赛跑，期间他会停下来跟观众交谈。为了敦促乐队大声演奏，让音乐声流淌到街上，他会说："康沃尔，加把劲，把你的手伸到窗外去。"当夜越来越深、快要临近天空泛着蓝色的清晨，越奏越响的音符把所有人点燃、烧尽，音符被遗忘在身体里，因为它们又被紧接的另一首曲子湮没。博尔登、李维斯、康沃尔、芒福德的演奏让观众们向前、向前、再向前，直到他看得出来，他们吹出的团团粗气，就像一群在屋里竞技的野兽。

◇

怀着极度的好奇和信念，他尽力知晓诺拉·贝思的一切，长时间地追问她的过去直至深夜。她的身体是一套由各种情感和机关组成的系统，使他沉湎其间。她掉落在浴缸里的每一根头发，她用毛巾擦掉的每一个死去的细胞。她陶醉地闻着咖啡杯上腾腾热气的模样。他迷失在她的举手投足之间，不知自己该将注意力集中到哪里。就是这样，他让她的力量主宰自己。

博尔登读不懂她，读不懂她思维的方式。举个例子，让他无比惊讶的是，让孩子们上床睡觉的时候，诺拉相信是睡魔让孩子们睡着的。就连孩子们都不信。

快钻到被子里来，睡魔到街上来了。

在哪里在哪里，给我们看看。

他刚停下来，去喝上一杯酒。尽管孩子们心里极不愿意，但无论如何还是睡下了。在与博尔登结婚之前，她做过三年妓女，她设法为自己保留了一些雅致的规矩和仪式。

面对时时刻刻发生的头条大事，他自己却感觉无助。他什么也没有做，只是一头扎进这无穷的变化之中，探索它们，研究所有细微的方面，直到最终，他几乎完全被必然性的恐惧所笼罩。他相信除了诺拉，其他人身上都没有这种必然性，而他一次次试图破坏她身上携带的这种必然性，毫不留情地，他憎恨它，这必然发生的可能性。他对她确凿无疑的答案勃然大怒，怒气冲天地把椅子、窗玻璃、门砸烂。

有一次，他们面对面坐在厨房餐桌两头。在他的右边、她的左边是一扇窗户。因为某些事情，他勃然大怒。他挥起右手，越过身体猛地挥出去。挥到一半，他突然意识到他将打到一块玻璃，于是刹住手。不到眨眼之间，他张开的手掌已碰到玻璃，同时开始收回。玻璃被打得粉碎，七零八落滚到两层楼下。不可思议的是，他的手竟没有受伤。这只手像一根鞭子，迅猛地击中目标，却未被绊住，它从玻璃裂出的星痕裂纹里安全撤回。她被这场表演逗乐了。惊讶之余他检查了一下自己的手指。

诺拉之歌

把他的骨头拖过镇。把他的骨头拖过镇。
把他的骨头拖过镇。把他的
骨头拖过镇。把他的骨头
拖过拖过镇，把他的骨头拖过镇。
然后然后然后然后把他的骨头拖过镇。

然后

把他的骨头拖回家。

◇

都德·博特利

每到星期一晚上，林肯公园都有好戏看，尤其是当老鸨和皮条客带着他们手下的妓女来看博尔登表演的时候。每个老鸨带的姑娘都肤色各异。安·杰克逊带的姑娘是黑白混血儿，莫德·威尔逊是皮肤深棕色姑娘，诸如此类。不同的妓院的姑娘肤色不同。就像一束花。

博尔登无论演奏什么，几乎都用降 B 调。

◇

诺拉·贝思回到家，发现一个男人正等在她家门前。衣冠楚楚。在她走近的时候，他站了起来，但没有碰她。

你好，韦布，进来吧。

谢谢。巴迪一定不在家吧。

她似笑非笑。巴迪！然后怀疑地看着他。接着摇摇头。

是的，韦布，你先进来。

当她告诉他巴迪走了，不见了，失踪了，酒精正沿着他的喉头往下灼烧。韦布，我不知道出了什么事，但他就是不见了。

多久了？

五六个月。

诺拉拉开层层窗帘，光线洒在他身上，装着酒的杯子就在他面前，杯子在他们中间，将他挡在这个故事之外，他又猛地喝下一口。

老天爷，你为什么不早点告诉我，让我知道。

我不了解你，韦布。巴迪了解你，为什么他不告诉你？

你应该早点告诉我。

你是警察，韦布。

他自己一个人不安全，他走丢了，什么也没带——《蟋蟀》、乐队、孩子。

他什么也没说。

他站起来朝她走去。

谁跟他在一起。

我不知道。

告诉我。

他靠在窗户上，挡着她，身体前倾，离她很近，就像情人那样。

你在发抖，韦布。

他自己活不了，诺拉，他会崩溃的。他自己一个人不安全。

你为什么发抖？

他需要你，诺拉，最后跟他在一起的是谁？

克劳利。另一个短号手。他和克劳利一起在贝壳沙滩演出后再也没有回来，在北边。

就是这样？

就是这样。

我能找到他。跟我说说克劳利的情况。

她揪住他袖子上的一角，把他的手臂挪开，向门口走去，把门打开，靠在门上。她神情冷漠，手拉着门把手。他差点没反应过来她在做什么，然后他走到门口，对她的冷漠十分恼怒。

你想要我去吗？

目光直直地看着他。

我不会雇你的，韦布。

天啊，我不想要你的臭钱！

我不想要你该死的同情，韦布。如果你要找他，那就为你自己去找，不要为我。

我很喜欢他。

我知道，韦布。

他是一个了不起的天才。

她一语不发，举起手，朝黑黢黢狭小的客厅和屋里的旧墙纸，还有几把椅子挥了挥，就像一个疲惫不堪的杂耍人。

大部分钱不是被他喝掉就是被他送人了。

你一直没有找到你母亲，是吗？

什么？……没找到。

当韦布从她身边走过时，她脸上露出悲伤的笑容。韦布双手插在衣兜里，倒退着走下门阶。

你现在跟别人在一起吗？

长时间的沉默。

没有。

他会回来的，诺拉。他跟你结婚的时候，在你们两人去我在庞恰特雷恩的小屋之前，他给我打过电话，我们谈了一个多小时。他需要你，诺拉。别担心，他很快就会回来。

诺拉又把门掩紧了一些，门缝更窄，只露出她脸的宽度。韦布带着鼓励的神情，咧开嘴笑笑，从四级台阶慢慢退回到人行道上。他仍记得台阶的级数。他错了。博尔登还要流浪两年多才能回家。她的门在他面前关上。他转身离开。那是一九〇六年春。

◇

他往下走到富兰克林街，买了一些香蕉。见到诺拉之后他就饿了。韦布在看到第一间杂货店的时候急忙从公交车下来，他先买了六根香蕉，再买了一磅油桃。他把水果放进雨衣的大口袋，沿着开往林肯公园的公交车的方向，朝市中心走去。现在才早上八点左右。他一边吃着水果一边看着朝两个方向奔走的人流。在那些走过时瞥了他一眼的人看来，他似乎无所事事。事实上，他正突发奇想，试想自己正处于无视他人的亢奋状态，期望能偶然发现博尔登在失踪时留下的线索。

看起来博尔登前往贝壳沙滩的时候，并没有一去不返的念头。韦布比他的同行更认真地看待那些未经思考的突然之举和莽撞的行为。他一直觉得它们越来越危险，越来越决绝。他还发现，博尔登从未谈起他的过去。这里的人只知道他是一个二十二岁时来到这座城市的乐手。韦布在他十五岁的时候就认识他。他可以随意地轻而易举地再次抹去自己的过往。移步换景式的“自杀”。因此，找到博尔登的唯一线索，可能就在韦布脑子里。这条线索一直沉睡在童年的故事当中，现在，它像一支箭一样射进未来。停在他们长大的时候。博尔登最喜欢的故事是什么？他想目睹谁的惊恐瞬间？韦布一边想着，一边开始吃第三根香蕉。

◇ [1]

无名小卒不要走

粗心的爱

二月十九日夺走了我的宝贝

爱达荷

乔伊斯 76

骚臀

把你的大腿从我身上拿走

蛇拉格泰姆 [2]

---

① 以下多为歌曲名，许多流传至今。

② 拉格泰姆音乐，最初是一种钢琴音乐，盛行于十九世纪九十年代至第一次世界大战结束，是爵士乐的来源之一。它最大的特点是复杂的切分，左手以规整的二拍子为四拍子作为背景。

短吻鳄舞会

胡椒拉格泰姆

如果你不喜欢我的土豆你为什么挖这么深?

所有妓女都喜欢我的方式

在你的地板上为我搭张地铺

如果你不摇，就别想吃蛋糕。

◇

《蟋蟀》存在于一八九九年到一九〇五年之间。它收录并发表了博尔登能找到的所有消息。它一概尊重出轨的传闻、狂热的意见、精心编制的谎言。这些信息来自理发的客人，来自妓女里的耳目，来自博尔登及他朋友认识的警察。《蟋蟀》研究过破碎的婚姻，传播过爵士乐手的流言蜚语，还曾刊登一位仆人的回忆录，告诉大家某位政客每天早上要花二十分钟来决定穿哪件衬衫。博尔登把这些真假难辨的事实，全都丢进他野史的大桶里。

从客观的眼光来看，《蟋蟀》收录了太多与死亡相关的消息。死亡的可能性让博尔登感到害怕，所以他着魔似地搜寻范例，似乎要筑起一道墙。一个恐高的男孩慢慢往树上爬。《蟋蟀》讲述过几个裁判被斗鸡啄死的事，几头猪咬掉一位农夫的手，九十岁的班迪恩小姐一天晚上打开门放她的猫进屋，结果跑进去一只别人家的宠物大蜥蜴，不幸吓得心脏病发身亡。还有肯尼思·斯通离奇的触电身亡：他站在浴缸里，想将一只装歪的灯泡掰直，他的尸体在第二天早晨被他哥哥戈登发现，戈登的第一反应是关掉开关，结果肯尼思的尸体直直摔在地板上，摔断了鼻梁。无论何时，一有轰动的谋杀案发生，博尔登必会到案发现场，绘制业余的现场图。那是他梦见的自己的孩子们正在死去的场景。那是他梦见的自己的孩子们正在死去的场景。那是他梦见的自己的孩子们正在死去的场景。随后，第一个孩子死去了，几乎压在他的身上。而后醒了，被梦的虚构性所拯救，别无其他。

博尔登与诺拉·贝思结婚的事，曾让他的很多朋友大吃一惊。还在庞恰特雷恩继续警探生涯的韦布，接到博尔登的来电。博尔登把结婚的消息告诉他，他俩在电话里聊了很久。韦布提出，下个月将他的小屋让给他们用，于是博尔登和诺拉应约而去。终于，三个星期后，诺拉的母亲开着她的恩维克多牌汽车来访，她的手提箱里装着满满的威士忌。自从贝思先生过世之后，她便对两件事有了难以抵抗的激情——奥杜邦[①]的画和她买来的一条二手的、从动物园退休的老蟒蛇。而且，自从贝思先生过世后，她所有的女儿接二连三地失足落进红灯区。实际上，在博尔登还跟妓女厮混的时候，他跟诺拉的所有姐妹都睡过。现在，他和她们当中的一个正式结婚，母亲对他早已没了疑虑，两人可以喝得酩酊大醉，畅所欲言。真是一个活力十足的女人。她会给博尔登讲解动物界的知识，而他皱着眉头听着，打量她的身体，寻

① 奥杜邦（John James Audubon, 1785—1851），美国鸟类学家、博物学家和画家。

找与她女儿身体特征不同的地方。每晚喝醉的最后阶段，她都会从手提箱里拿出奥杜邦画作的复制品。没法继续流畅对谈了，现在她转而谈起那些该死的鸟来。*该死的*。当她看着这些鸟儿的时候，她确信，约翰·詹姆斯·奥杜邦已被这些心理上神经兮兮的生物给蛊惑了。她把《紫色的黑水鸡》那幅画给他看，画上的黑水鸡似乎俯身在水面上，它双眼紧闭，思考着自我毁灭。你看不懂画。闭嘴，巴迪！她把《先知朱鹭》给他看，朱鹭这种水鸟是明显的偏执狂，它会在洪水来临之前就把巢筑得高高的。还给他看《醉倒在西班牙桑树上的蓝木管刺啭鸟》，还有她最喜欢的画——《蛇鹈》，又名《水火鸡》。她说蛇鹈会一直停在树尖上，直到受到惊扰，直直扎进河里，不会泛起一丝涟漪，再游开去，只把眼睛和嘴喙露在水面上——或者，如果再次受到打扰，它便将整个身体全部没入水中，沿着河床行走，结果忘了呼吸以至于被淹死。人们就是这样捕获蛇鹈的，她说，在水下吓它们，待到几分钟后它们的尸体浮出水面，人们就用网把它们捞起来，你知道吗？博尔登摇摇头。你讲了一个很精彩的故事，贝思太太，但我不相信你，你是个疯女人，你喝多了，你知道的——你是个疯女人。一周后，贝思太太开车出去兜风，再也没有回来。午饭后，巴迪和诺拉外出散步。他们在走出两英里的路上发现了那辆恩维克多。贝思太太坐在方向盘前，已经被勒死。

这让博尔登无比好奇。差不多一个月的时间，他们没有听到一点消息，天知道一个著名的谋杀犯是否就住在这个地区。他设想着各种可能性。最终，他决定把这辆车开到庞恰特雷恩，把他这件事告诉韦布。诺拉不愿被留在一个会把人勒死的杀人犯出没的地方。于是，他们把贝思太太已经僵硬的尸体搬到前排副座上，安放妥当后，两人驾车一起去找韦布。不过，遇到转弯时，她有时会像一尊贵重的雕像倒在博尔登的大腿上，因此诺拉就坐到前排副座上，把贝思太太移到后座上。为免别人看出来，还在上面盖了一张防水布。博尔登把车停在警察局外面，就进去找韦布。诺拉则去餐厅吃东西。

听着，我们带了一具尸体来，就在外面。

什么!

没错。是诺拉的妈妈。被勒死了。我们把她带来了。

其他警察四下张望。韦布收回翘在桌上的脚，站起来。

听着，如果你们谋杀了她，你们应该毁尸灭迹，你们应该把她埋了，别想蒙混过关。

见鬼，韦布，我们没有杀她，我喜欢那个老女人。但这件事看起来很可疑，她有一大笔钱，我们会继承，要是我们埋了她，这算什么？

对，没有尸体你拿不到钱，所以你不得不蒙骗过去。

混蛋，我们没这样做。

好了，好了，我相信你。尸体在哪儿？

在车后座上。防水布下面。

好，跟贝尔达克斯一起去把尸体抬进来。

几分钟后，贝尔达克斯冲了进来。韦布问博尔登在哪儿。

他追过去了，长官。

什么！

有人偷了那辆车。

这场风波随着调查的展开而缓和下来。搜索队在希尔区寻找汽车和将人勒死的杀人犯。找了两周仍一无所获。博尔登夫妇原本可以合情合理地富裕起来，但在找到尸体之前无法如愿。《蟋蟀》和庞恰特雷恩的各家报纸都刊登了寻找恩维克多牌汽车和车里的物品的广告。一年后，博尔登收到韦布写来的一封信。

巴迪，

如果不考虑尸体失踪的问题，我已经解决这桩谋杀案了。不是每个人都同意我的看法，如果不是看到上周的报纸，我也不会想到。随信附上这则新闻。

法国圣特罗佩

昨天，名声大噪又极富争议的“舞蹈家”伊莎多拉·邓肯骇然离世。她的离世极具戏剧化，似乎她的一生都被这样的戏剧化追随。在搭乘一位朋友的布加迪跑车出去兜风时，她的丝巾卷入正在行驶的汽车后车轮，还没等开车的人反应过来是什么事，她就被勒死了。英国汽车协会一再警告说，这是开车过程中一种常见的危险。邓肯小姐时年49岁。她的更多生平事迹请见第17版“围巾”。

你明白我的意思了，是吧。案发时，这位老妇人的宠物蛇在她身边，吹着风。它的尾巴不知怎么被缠进后车轮里。它立即勾住离它最近的东西，她的脖子，是蛇勒死了她。车停下后，身体被拉扯得不成样子的蛇还没有死，它松开她的脖子溜之大吉。没有使用武器的迹象。如果被当作人类来定罪，它也顶多被判过失杀人罪……博尔登，有时我觉得自己是个天才。

韦布

那是他梦见的他的孩子们死去的场景。

◇

另一个孩子啜泣着进来，说他死了，他猛地跳起来冲过去抓住那个男孩的肩膀问**谁死了**，他听见自己号啕大哭，鬼使神差般地进了厨房拿起那把锯齿刀刃的木柄刀不断砍向自己的左腕，然后又去砍那只已经张开的麻木的手，有人进来，警察目瞪口呆地看着他以及那血渍斑斑的白衬衫，他看着警察，他们给他带来了他每晚都曾想像过的场景——被汽车撞了，神啊。在那个男孩说完那句话后，他什么也没听到，只有他自己的尖叫，他从警察身边冲过去，趴到警车热辣辣的金属罩上，他的脸和湿漉漉的胳膊都趴在上面。

◇

克劳利越来越瘦，面色苍白。他正在禁食，这让他脸上的皱纹越来越深。他坐在椅子上喝着大瓶子里的蒸馏水，韦布坐在床边，想了解一些消息。现在是上午十点。他得在克劳利练曲之前把话套出来。

给我半个小时。十点半我就离开。

你谁呀？

我刚从诺拉那里过来。我们在想办法找到博尔登。

他试着递一只香蕉给克劳利。

香蕉，该死，我正在节食。只喝这种特制的水。

来吧，吃一个，你脸色不太好。

我不能吃。天啊，我真想吃。我一周都没有大便了，你知道吗？

你精力怎么样？

反应慢……这次我想把大便尾巴拉出来。

大便尾巴。

是的……原来拉出来过一次。如果你不吃东西，你知道，最后你就拉不出来，这很自然。接着，差不多两个星期后，你拉出这坨空前绝后的屎，像龙卷风一样席卷而来。全是你大肠里藏得最深的粪便，它们压得紧紧实实从来排不出来，总是赖在后面。

是吗？你最后见到博尔登是什么时候？

就像有人拔掉在你屁眼里堵了一辈子的拨火棍一样。感觉太美妙了。然后你又可以开始吃东西了——那是油桃吗？给我来一个。

你最后一次见他的时候，他在做什么？

他在一条船上。

胡说，小子，博尔登讨厌坐船。

听着，他在一条船上。

◇

当韦布正跟克劳利说话的时候，博尔登看到了这样的景象：

那个女人正在切胡萝卜。每个胡萝卜都被切成六七块。刀切下，切到稍后他们吃饭的木桌上。他看着她的手指与胡萝卜的默契配合。映入他双眼的，开始是手指的颜色，然后是胡萝卜块自行放大的细长纹理。在这个视线范围内，她的手指已跟她的身体分开，在袖口和镯子以下，自成一体地活动，真是技艺精湛，他想看到她失手的瞬间。要是她想到自己正在做什么的话，她准会失手。例如，他知道抓住一只苍蝇唯一的办法就是挥手，不要让大脑去指挥手快速挥动，那样会碍事。银色的刀刃抵着胡萝卜和手指，平静飞速地勾勒出曲线。在桌子上留下棕色切痕。

◇

“韦布，我能告诉你的唯一一件事，是我最后一次见到他的情形。是在去年秋天。在那之前，他从来没坐过船。尽管天知道他在河边住了一辈子。但就算这样，他之前从没上过船。无论如何，我们两人和其他几个人一起去了贝壳沙滩。我们在那里有三晚的演出。通常我们不会一同演出，但我们喜欢彼此的演奏风格，并且相处融洽。在贝壳沙滩那次赚的钱很少，每个乐队都由主办方安排住处。博尔登跟一对姓布鲁伊特的夫妇住在一起——一位钢琴师和他的妻子。你可能听说过他，杰林·布鲁伊特，大约五年前他很受欢迎……”

西班牙城堡、贝壳沙滩、庞恰特雷恩湖
米尔恩堡、阿尔及尔、格雷纳
——全是新奥尔良的郊外胜地。

［米尔恩堡狂欢！］

在那以后，博尔登就丢了魂儿。杰林的妻子络缤，也是贝壳沙滩音乐界的重要人物。虽然贝壳沙滩音乐界本身知名度并不高，但他们却时常能请来优秀的音乐家。博尔登第一次看到络缤的时候，差点儿昏倒。晚会结束后，他跟布鲁伊特夫妇一起回到住处，他假装自己很饿，这样他们就不能上床睡觉。博尔登从来都吃得不多，但他谎称自己两天没吃东西了。于是他们一起坐了三个小时，他强迫自己吃啊吃，他花了二十分钟吃完碗里一只压烂的鸡蛋，喝完了手里的一杯酒。他们坐在那里直到倦意全消，就他们三个人，到凌晨五点多钟，他们才站起来，咕哝着上床睡觉。接下来，博尔登做了一件残忍的事。他头一次把他的短号当成珠宝来用。等那对夫妇关上门之后，他揣了短号，走出通向户外门廊的厨房门。外面很冷。他只穿了一条黑色长裤和一件无领白衬衫。他拉开架势，摆出一个明知没人看得见的风情万种的姿势，意在献上他所知道的最温柔的音乐。音乐如此温柔，就像二十条街区外的塞壬之歌。他一直吹到身体冻僵，仅有的充满活力和温暖的部位，是他腹部那几英寸，用来使劲儿将中气运到胸腔和头部再钻入短号的地方。音乐是献给他们三个人的，另外两人躺在床上，一声不吭。

第二天早上，克劳利正在沙滩上，博尔登则已经登上一艘船。那是一艘日间游艇，行驶在星期天熙熙攘攘的水面上。他朝克劳利嚷嚷什么。克劳利也朝他喊。博尔登和布鲁伊特夫妇在一起，已经离岸边一百英尺远。他们用音乐术语反复喊叫。克劳利知道他是在跟他的朋友告别。他是在跟他的朋友告别。

“事情就是这样……那天下午晚些时候，我回到了城里。最后的两场演出他都没出现，也没在火车上出现。隔天我去了布鲁伊特夫妇家，络缤说他没在那里。从那之后，没有人见过或听说过他在哪里演奏。过了不久，我听说布鲁伊特夫妇搬走了，也不见了。于是就有了这桩人人都在寻找博尔登的事。我说我最后一次见到他时，他跟布鲁伊特夫妇在一起。人们又去找布鲁伊特夫妇。诺拉不相信这个说法。博尔登，她说，在船上！”

◇

他醒了，口干舌燥。他不知道现在几点。头天晚上跟布鲁伊特夫妇喝酒聊天，让他把时间都搞乱了。阳光洒在床的一边，照在他的手臂上。他穿上裤子，穿过走廊朝布鲁伊特夫妇的厨房走去。络缤出现在走廊另一头的拐角处。她一丝不挂，只在腰间围了一张床单，床单一直拖到她脚上。她长长的黑发披散在肩头，一直拖到后背。她正准备回卧室，一手端了一杯橙汁，一杯给自己，一杯给杰林。她一看到他就停了下来，尴尬得不知道如何是好。她看了看手里的两只杯子，然后看着他，微笑着耸耸肩。当她经过他身边，跟他说“早上好”时，他愣在了原地。

◇

当他们一起在海边的各家游乐场工作的时候，韦布二十岁，博尔登十七岁。这是他们第一次经济独立，他们把赚的钱全都花在了女孩身上，有时是女人。他们一起租房子，储存啤酒，他们的性格渐渐彼此同化。他们花了一个星期的时间，自己动手在庞恰特雷恩搭了一处房子。正是这段时间，韦布和博尔登开始了解彼此。这之后，他们两人忙着找女人，他们之间的友谊就是在众人面前敏捷的双口接龙，他们经常在各自女伴面前互相嘲讽。他们在一起住了两年。

因此，韦布想把注意力集中到那一周。在那个时代这并不容易，那个时候，公众人物是韦布，博尔登是伴他左右的密友。假如别人说起他俩，通常会惊讶于韦布看中博尔登哪一点。他们两人在工作之余都忙于各自的爱好，韦布的好奇心让他随着收藏的磁铁越来越多而变得宁静，博尔登则每日练习短号数小时，在猛吹钟形短号的过程中，加强嘴和胸腔的力量。因此韦布耳朵里塞满持续不断的噪声，那是另一个房间里压低声音的嚎叫。噪声一直持续到博尔登练完、拎着啤酒走进韦布的房间，满身大汗的博尔登会瘫在扶手椅里说：“韦布，跟我讲讲磁铁。”韦布已经把十块磁铁悬挂在从天花板垂下来的几根绳子上，他解释力在空气中的精密度，他将手里拿着的一块大磁铁对准其他吊在空中的磁铁，于是，那些磁铁发起狂来，借助自身的磁力旋转起来，像被施了魔法一般。急拉、猛推、旋转，磁铁好像被打得踉踉跄跄，直到韦布在房间另一头控制的磁铁偶尔拉断其中一根绳子为止。这时，韦布会把手上的磁铁放在脚边，用看不见的力量将较小的一块磁铁吸到身边，或者有时候把磁铁扔到半空中，悬挂着的线和线系住的金属片就会一跃而起，它们平滑的表面一齐被吸在磁铁上，就像一个杂耍团。这时，博尔登会拍手喝彩，接下来两人开始喝啤酒。

两年后，博尔登回到新奥尔良，韦布留在庞恰特雷恩。自那以后，就是韦布听到的音乐家博尔登的故事了。那个声名鹊起的博尔登，那个盖过韦布所有光彩的博尔登。韦布带着博尔登性格的根源离开了，带着他们共度过的老地址离开了。博尔登走后一个月，韦布悄悄去了这座城里一趟，跟踪巴迪好多天。直到星期六，他看见他那强健有力的朋友快活地走出人群，加入行进演奏的队列开始演奏。他吹的号声那样铿锵，音色如此美丽，韦布甚至没等到人们作出反应，便转身往另一方向走，直到他再也听不到这音乐声，或他想象的围观听众爆发出的欢呼声。那是音乐的力量。

◇

弗兰克·李维斯

这种音乐并不复杂，引得你想捡拾他撒下的每一个音符，仿佛是乘坐在车里一路撒下，他还没能靠近、看清那些音符之前，就已撒落。他对音乐不加任何控制，除了他富有感染力的情绪……正是这个原因，得庆幸你从没在唱片里听到过他的音乐。如果你从未在某个现场听过他演奏，例如说会改变下一串音符演奏的地方——那么可以说你根本没有听过他演奏。他从未录过唱片。在他同期的乐手一个个进入蜡像馆、进入唱片史的时候，他站得很远。后来，那些人说是博尔登开了先河。这跟观看他拉伸、回旋最后几个音符上，或者看着他流着汗的额头下暴露的青筋同样重要。

但他的音乐还是有其规律的，我们无法理解的正是这点。我们一度认为他杂乱无章，但是现在，我认为他当时是被外部的规则折磨。他撕破即有的人生图景——立刻将音乐视为生命中最重要的事。巨大的回响。就像是，他在演奏的时候忘记了曲谱，不停寻找合适的神来之曲。听他的音乐仿佛与科尔曼[1]交谈。你们都在改变每一句乐句的奏法。有时在一个乐句的中间，你们会利用对方作为跳板，穿越黑暗。你吹奏得那样急切，似乎将一首曲子吹完、将每一个音符都吹奏清晰都变得不重要。他可以用二十七种方式来描述某样东西。他的音乐里有痛苦，有平和，每个音符里都充满人生百态。

他来自哪里？在我们知道他来自哪里之前，他的才能就已被发现。二十二岁崭露头角。一天，他脚踩一双白色的鞋，身穿一件红色衬衫走进了行进演奏列队。对过去只字不提。只问了一声接下来的十分钟走哪条路。

天啊，我参加了那次他的首场行进演奏，我在演奏，那是一次很著名的出场，你知道。他走出围观人群，挤进街上的演奏列队，然后开始演奏，声音太响，但情感真实强烈，让你没法否定他。演奏完毕他回到围观人群。十五分钟后，沿街走了三百码，他又从人群中跃进演奏列队，演奏，然后离开。这样两三次后，我们都等着他出现。他来了。

---

① 奥内特·科尔曼（Ornette Coleman，1930—2015），美国爵士乐萨克斯管演奏家、小提琴手、小号手和作曲家。他是上世纪六十年代“自由爵士”运动的主要创新者之一。

◇

贝壳沙滩站。他在轨道的一头，望着克劳利和乐队的其他成员走上火车。甚至到这一刻，他们还时不时用目光四下寻找，希望他从哪里冒出来跟他们一起回去。他站在一节邮政车厢边看着他们。他似乎看见自己跟他们上了火车，他们佯装的怒意消散。他仿佛看见自己走回布鲁伊特夫妇身边，问他是否可以跟他们待在一起。缄默不语的人。演奏音乐。追求抱负。当他看着克劳利肥硕的身躯登上火车时，他仿佛看到自己与布鲁伊特夫妇经年累月生活在一起的场景。他没有任何行李，只有衣兜里装的一只哨嘴。他可以登上火车，或者回到布鲁伊特夫妇身边。他愣在原地。等反应过来时，他看见火车像一条血管从他的身体消失远去。他依旧站着，躲在邮政车厢后面。帮帮我。他害怕每一个人。他不想再见到过去认识的每一个人，一辈子都不想。

◇

他离开火车站，往下走到贝壳沙滩的细腰区。他买了啤酒，听着酒吧里蹩脚的爵士乐。他仔细听着，在脑子里想象自己在演奏所有优美的音符。无论什么时候，只要乐手漏掉或回避的音符，他都能用嘴演奏出来。他本来有一美元，现在没那么多了。够买七罐啤酒。他穿着他的红色衬衫、黑色裤子和鞋。他在酒吧里泡了一整天，以避开他透过酒吧敞开的大门看到的明晃晃的午后阳光。他看着乐队更替，没有理会那些经过桌子时拍拍他脖子的酒友。他周遭的人群沉默不语。他一动不动地坐着。然后，在钱花完时，他走到岸边睡觉。无论怎样都得想法睡着，耳朵里还能听到其他人在聊天——到哪儿拉客，格雷纳的天气。他把这些谈话记在心里。早晨，他偷了一些水果在路上游荡。他走进一家生意红火的理发店，舒舒服服地坐在那里，但他根本没刮胡子的打算。轮到他的时候，他起身离去。他总是在听，听那些杂乱无序的淫言秽语、没有结局的故事、蹩脚的笑话。于是，他清醒得像一只在沉默中臻于完美的蜘蛛。

在当地公共汽车上清除了两天垃圾和污秽后，他被解雇了。那会，他去擦拭栏杆上的污渍，清理厕所里湿答答的污泥，抹掉听筒上的灰色擦痕，清除当他蹲在别人蹲过的林中小路边大便时踩到鞋上的大便，抹去桌上的茶叶和啤酒渍、钢琴上的汗渍、长号里的唾沫、毛巾上某人的气味。火车站的气味粘在他身上，他梦见车轮从他一只手上碾过。当他躺倒在地时，走得筋疲力尽的两条腿便开始抽搐。他开始聆听每一种杂音，耳朵被噪声灌满，它们仿如甘甜的毒药钻进耳朵，就像一位女士的舌头在摩擦它，堵住它，直到耳朵里没有一点空间。一个肥硕酒足饭饱的国王。老鹰那双握紧的爪子上满是鲑鱼，它抓着鲑鱼在贪婪地作最后一次尝试。他发现从一小支一小支烟卷里冒出来的尼古丁正熏进他的指甲，袜子因为汗干了而变厚实，鼻子正把白天钻进鼻孔的灰尘擤到一张报纸上。他讨了一杯水，把免费的番茄酱倒进水里做成汤。在人行道上，陷入贝壳沙滩镇的音乐里。

然后他在香喷喷暖洋洋的汤味儿里找到了家，那汤味儿，闻起来像是透过路面栅栏，从地下室的厨房里飘来的，那热气将他裹得暖暖的，于是他从一头走到另一头，夜晚就睡在路面栅栏上方，醉倒在各种蔬菜的香味里，这让他躲过肆虐过湖面的风暴，尽管他没有躲过大雨。栅栏上温暖如温室，热浪翻滚，分解着他的整个身体。昏昏沉沉的头脑在与完美的乐队合奏。

◇

女人们来到他们那幢被涂成棕色的大公寓找他们。他们对女人的品位一开始相差很大，后来变得令人不安地相似。他们都喜欢高个褐色皮肤女人，身材颀长曲线分明，裸体时盆骨突出。韦布经常把他的女人转给博尔登，博尔登也会把他的女人转给韦布。

韦布比博尔登大三岁，正在警队受训。博尔登在一家理发店做学徒，他善于倾听的才能在学徒期间表现突出。后来，他跳槽到 N. 约瑟夫修面馆继续展现他的倾听才能。在这里，椅子上的客人们讲述的故事仍能让他反应强烈。他沉浸其间，并给出建议——通常都是笼统又糟糕的建议。来 N. 约瑟夫修面馆的人就像需要修面一样需要一种平衡感，需要将一肚子的秘密倒出来。博尔登则随意地给出稀奇古怪的建议，只是为了看看可能会发生什么情况。因此，他是这些颂歌和托词的完美听众。收下那些钱拿去斗鸡。几天之后，满腔怒火的男人冲进理发店跟博尔登诉苦（看在老天的分上，那时他才二十四岁），他不得不丢下正在理发的客人和他正讲得滔滔不绝的故事，把气冲冲的男人领进 N. 约瑟夫修面馆狭窄的盥洗室，他不会认错，而是迅速给出更多建议。五分钟后，博尔登回到椅子边，一边继续给客人刮脖子，一边倾听其他问题。他热爱这样的生活。他的意识川流不息。

两年后，韦布曾悄悄去过一趟新奥尔良，一方面是去看他的朋友过得怎么样，另一方面是处理一个庞恰特雷恩人在那里被谋杀的案件。士别三日当刮目相看，博尔登的成名让他颇感意外，他再次小心翼翼地避免碰到他。他花了两天时间把这个案子了结，他努力离博尔登远远的，因为这个男人是在博尔登的演出上丢掉性命的。当时，两个男人各站在吧台的一边，中间隔着一位穿着考究的钢琴师。巴迪正在台上演奏。男人 A 朝男人 B 开了一枪，站在他们中间的钢琴师费迪南·勒·芒特及时往后一仰，甚至在第一声尖叫发出之前就溜得没了影儿。博尔登目睹了这一枪击案的发生，立即改奏快旋律以分散观众的注意力。当警察赶到现场时，他几乎已将场面完全控制住。当时，他演奏的是《老虎拉格泰姆》。

韦布在这里的最后一晚去听博尔登演奏。站在后面很远的地方，靠在门边，他独自站着听了一个小时。他看着博尔登沉浸在他在理发店听到的那些故事中，他歌曲的全部情节包含了丑闻、意外和变迁。音乐刺耳粗砾、直截了当，持续半个小时的演奏，都是关于河里的尸体、刀子、爱情的痛苦和趾高气昂。他站在台上，展示着故事里的所有可能。

◇

自博尔登之后的短号手里，在音量和风格上最与博尔登接近的是弗莱迪·凯帕德。

“当凯帕德跟克里奥尔乐队一起登台演出时，坐在剧院前排的听众总是在听完第一曲之后移到后排去坐。”

◇

他发现自己站在布鲁伊特夫妇家的草坪上。她打开门。好一会儿，他就像没看见她，几乎忘了认出她。他开始痉挛，从胃到嘴里，抽搐得合不拢嘴，他想跟络缤或杰林说清楚。谁开门就跟谁讲。但开门的是她。她伸手撩开挡在脸上的头发。他看见了那个动作，他看着她用手撩开头发，拨到一边。他的双手插在外套口袋里。他想烧掉外套，它恶臭冲天。我能在这儿把衣服烧掉吗？那不是他想说的话。进来，巴迪。那不是他想说的话。他的全身都开始痉挛。他看着她的一只眼睛。但由于痉挛，他无法目不转睛地看。她向他走过来，他必须在她走到他面前或碰他或闻到他的臭味之前把话说出来。帮帮我。进来，巴迪。帮帮我。进来，巴迪。帮帮我。他全身痉挛着。

第二部

◇

韦布，过去那是约瑟夫修面馆的世界。理发店过时的镜子上褐渍斑驳。这就是我在褐渍中间看到的东西。我自己和这个房间。诺拉种下的植物已长到与我肩头齐高。无人落座的椅子前面，摆放着用来靠头的假银头靠。我的身后是印着路易斯安那州鸟图案的墙纸。

在弗斯特街和利伯蒂街这一带，约瑟夫修面馆是个凉爽的去处。方圆一英里没有哪家店铺能像它一样买得起植物和墙纸。这多亏理发店生意好。生意好的秘诀，约瑟夫知道，是冰块。把冰块放在窗边，冰块蒸腾出的雾气将窗玻璃笼罩，那会让人觉得是一扇异国情调的窗幔，抵挡着街上的热浪。冰块被放在倾斜的木架上，木架向下倾斜至膝盖高的窗台。你眼前的冰块每时每刻都在改变形状。每天早晨，我经过格拉夫街取冰块，把它们带回理发店，再放到斜着的木架上。到下午三点四十五分，冰块全部融化成水，冰水沿着木板流进接水桶。四点，我把这些接水桶提出去，把还冒着冷气的水浇到理发店旁边种的几株植物上。这是利伯蒂街上仅有的灌木。剩下的时间我理发。

理发。在我头上缓慢旋转的是锡叶片风扇，它像大刀一样整天在我头顶盘旋。因此，你永远没法放松下来伸个懒腰。剪掉的头发落到地板上，被这厚重得几乎像液体一样的风卷起，卷到屋子的边缘。

每隔一小时我都得嚏一下鼻子，嚏出钻进鼻孔的碎头发。我早上起床后第一件事就是把碎头发咳出来。在下班后跟诺拉一起走回家时，我便把这种黑色的碎屑吐到人行道上。我发现所有的衣服上都有这种碎屑，甚至连内裤上都有。每晚我都能闻到一直蔓延到胳膊肘上的剃须皂的味道。在我吹短号的时候，这种味道弥漫在我的指间。一天到晚一层又一层涂抹的剃须皂给我身体包裹上另一层皮肤。城里最干净的人。我看到一张脸就能说出它已多久没有修面。我精心修葺别人的虚荣。

坐在我面前的二十分钟里，我看见他们始终注视着自己的脸。男人讨厌看到自己出现变化。他们神经兮兮地大笑。这就是我得以生存的力量。我打理他们的外观。他们放心让我拿着冰冷的剃刀沿着他们耳朵下的血管移动。他们放心让我把掌心的肥皂液越过他们的眼睛摩挲进他们的头发。颈项之梦。泡沫飞溅到地上和我的白围裙上。他们跌跌撞撞朝门走去，不敢多看门口一眼，一出门便立刻感觉周身痛苦——热浪。当他们出了门，踏入利伯蒂街和弗斯特街真实的气候之中，把冰块、墙纸、芬芳的味道、得体的谈话、镜子、我的苦役留在这里。

◇

对他自己身体的多次谋杀。从被猛烈撞击的手指甲，到沿着他头发渗出、最终流进衬衫领子的褐色汗水。此外，加上诺拉有咬他衣领的习惯，使他最终只买无领衬衫。他对自己的手指不爱护到了令人费解的程度，甚至在做过一个双手被齐腕砍掉的噩梦后依然如故。他的指甲都被啃掉了，跟指肚上的老茧浑然一体，难以分辨。他几乎再也无法感知抚摩他妻子身体时美好的感觉。双手的自杀。各式各样的谋杀。在梦见孩子死去后，他攻击的是自己的手腕。

◇

我需要一张照片。

我以为你认识他。

我需要照片，到处给人看看。

演出照片——该死去找拍照片的那个人。

博尔登拍过演出照片，他讲过一次。可能是跟乐队的合影。

你得去问他们。问康沃尔。

虽然康沃尔说他们拍过照，但他没有照片。照片是巴迪认识的一个瘸子拍的，那人专门拍妓女。叫贝洛卡之类的。

是贝洛克。

韦布回到警察局，在档案中翻找贝洛克的地址。警察都认识贝洛克。他经常被当作嫌疑犯抓起来。只要有妓女被杀，他们都会把他抓回来审问，问他最后一次见到她是什么时候，但贝洛克从不透露一个字，每次他们都只得让他走。

贝洛克不在家，于是，他破门而入，翻箱倒柜找照片。柜子里放了几百张妓女的照片。裸体的，穿着衣服的，抱着宠物或没抱宠物的。是些令人伤感的东西。对韦布来说，这些照片与陈尸室的档案照唯一的不同，是后者已经死去。博尔登的照片不在里面。他找了一张舒服的扶手椅坐下，结果睡着了。巴迪你他妈到底干什么去了。你不知道自己在干什么，是吗。希望贝洛克有你的照片。我甚至都记不太清楚你长什么样了。我认得出你，但在我印象里只记得你的轮廓和音乐。只记得你色彩鲜艳的衬衫，没有领子。锋利的东西。

锋利的东西抵在他的胸口。紧压着。当他睁开眼，那东西抵得更紧，他猛地靠回椅背。贝洛克透过黑暗，盯着他的脸。现在一定是凌晨两点。贝洛克左手仍拿着相机包，右手拿着三脚架。他身体前倾，胸口抵住三脚架，让三根支架狠狠地制住韦布的身体。留心伙计。贝洛克抵得更用力。

你想要什么？我没钱。

我需要一张照片。

不卖。

你记得博尔登吗。他不见了。我是他的朋友。想找到他。康沃尔告诉我，你给乐队拍了一张照片。

你为什么不让他一个人待着，他是一个好人。

我知道，我跟你说过他是我的朋友。你能把支架从我身上拿开，再把屋里的灯打开吗。我想跟你谈谈。

贝洛克将三脚架在空中划了一个弧形，移到身边。他没有开灯，也没有坐下，只是倚在三脚架上，好像那是一根拐杖。你胆子真大，敢来这样的地方。跟警察一样。

韦布想让贝洛克开口。贝洛克开始在屋子里来回走动。贝洛克在他身边来回转悠，韦布看不太清这个小个子脸上的特征。他的腿有些问题，现在三脚架是他的手杖。他已小心地将照相机放在一个架子上。他围着韦布转了几圈，指望他能开口说话，但韦布一声不吭。

康沃尔？他原来在博尔登的乐队里？

是的。

照得不好。

没关系。我只需要照片上有他。

我不想让照片传来传去。他撑着三脚架咳了一下。

你是怎么拍到那张照片的？

说来话长。他认识几个我拍过照的姑娘。他原来到处鬼混，在妓女里面很有名，她们当他是自己人。他利用其中一些姑娘给《蟋蟀》收集故事。他付给她们故事的钱，却不给嫖资。他心地善良。他不会把你当瘸子或怪胎。我们经常聊天。就是他找姑娘让我拍照的。她们起先不喜欢这个主意。他的真名叫什么？

查理。

是的。查理……因此我给他们拍了照，但我是用过期的胶卷拍的，所以效果不好。

我能看看吗？

没有洗出来。

帮我洗一张，可以吗？

十分钟后，他跟贝洛克一起弯腰俯在水槽上方，看着相纸在酸溶液托盘中穿梭。好像寻找他朋友这事终于有了结果。在深红色的光线里，小个子男人用他灵巧的手指轻轻拍打相纸，让它着色均匀。在等待显像的过程中，他像医务工作者那般一丝不苟地洗净浸泡板。他们两人看着这粉色的矩形，看着它慢慢显现黑色的图形，现在显影越来越快。不一会儿，吸满水的白纸上突然显现出几条垂直线，是六个男人和他们拿得规规矩矩的乐器的轮廓。最先出现的是黑色的衣服，空白部分是衬衫，然后是面孔。弗兰克·李维斯看起来有点儿向左歪。所有人都表情严肃，只有博尔登脸上有笑容。看着他们这位朋友浮现在纸上，朝着他们笑，这位与显像相反、隐入真实世界的朋友，在这张蹩脚照片上，他的笑看起来并没那么开心，也许这根本不是笑容，而是由于神经错乱。

这是我能洗出来最好的效果了。这张照片你拿去。

贝洛克把手在头发上抹了几下，擦干手上的酸溶液。他习惯如此。透过窗户，他看着刚离开的那个男人，他一边走一边挥动着照片晾干。他没有邀他多留一会儿。今晚的工作太多。他又走到水槽边。他又洗了一张乐队的照片，挂到架子上。紧接着他把博尔登框出来，洗了一张他的单人照。然后他把底片放进酸溶液托盘，看着它被漂成灰色。再见。希望他别找到你。

他拿出新拍的胶卷，连续洗了大约十张。他把照片斜靠在柜台上放着，照片注视着他。他没有跟那个人讲太多博尔登的事。没有告诉他，他有诺拉的照片——是她与巴迪结婚之前的照片。他在照片堆里翻找，找到一张诺拉·贝思的照片，是五年前拍的。从她婚礼之后，他再没见过她——尽管没有真正的结婚仪式，只举行了一个结婚派对。当约瑟夫修面馆里没人打扰他们聊天时，巴迪会免费给他理发。有时在博尔登不用演奏的夜晚，他们会聊天到深夜。博尔登会放下百叶窗，打开店里的灯，这样没人能看清里面的情形。博尔登会告诫他不要把酸溶液弄到头发上。除了那些警察，今晚这个人是自巴迪之后，第一个来这里的人。就连诺拉都没来过。他把诺拉的照片丢进酸溶液。原因别再问。他看着酸雾侵入她神情严肃的脸庞。

◇

贝洛克拍的那些照片。**脑积水患者**。八十九块玻璃感光板幸存下来。看着这些照片。想象这个绕房间打转的残疾人，他支着三脚架在屋里徘徊时的优雅姿势，随意拍下的放着妓女弃婴照片的梳妆台、墙上挂着的耶稣石膏像。他让耶稣钉着铁钉的手与三十岁的裸体女人身上难看的割阑尾手术疤痕形成对比。这张照片是她返回这间屋子时他拍下来的——她没有意识到他已经把她的孩子、她的梳妆台、她的十字架和她的地毯都拍了下来。她现在主动摆出奇形怪状的姿势，想多赚一美元。贝洛克不为所动，只是说：不，就站在那里，靠着墙，这次不要穿衬裙。他一个快门迅速抓拍到她看他时的轻蔑表情，然后等着，等了好几分钟，让她对他、对相机、对她的身份恢复自我意识，对她裸露的手臂和颈项感到羞愧，长时间以来第一次想起她在孩童时曾憧憬过的未来。他捕捉到那个瞬间。

你在他拍的这些照片上看到的，是她的思绪跳跃回遥远的过去，那个时候她还有胆量憧憬未来，在用叫不出名字的华美布料制成的衣袖上，炫耀着爱情或金钱。她记得那个几乎没有相机支架高的跛子给她拍照时的整个过程。然后，他付钱给她，收拾器材。此时她已失去她的风韵。照片上只是一个倚在墙上的身影。

◇

一些照片上的身体被刀片划过。沿着肋骨的走向。一些照片上，一道道刮痕利落地将裸体的身体和头颅斩成两半。这些被刀片划过的照片，和前面提到过的割阑尾手术留下的疤痕、非手术留下的疤痕的照片放在一起。它们彼此映照，他来回翻看。刀痕为每件作品增加了一种立体感。不仅是肉体上的立体感，尽管你几乎可以看到刀痕的深度，还因为你会以为贝洛克想要进入照片，把他的痕迹留在这些身体上。当这真的发生时，与其做个绅士，不如让她们摆出握着或含着他小鸡鸡的姿势，将相机设定为定时拍摄。当这真的发生时，随后他不得不用刀子将照片渲染一番。你可以看到，他强行进入她们、玷污美人时那份小心翼翼，一如他一双巧手在夜里冲洗底片时，将相纸没入配比正确的酸溶液，看着脸、乳房、阴部三角区和沙发成相，精准又干净。创造与毁灭来自他脑中同样的源头、同样的欲望、同样的手术。

咔嚓。抱着狗的女人。沙发上半裸的女人。咔嚓。裸体的女人。靠着梳妆台的女人。窗边的女人。咔嚓。在阳台阳光中的女人。举起她的手臂遮挡阳光。

◇

贝洛克没把所有的事都告诉他。他从街上向上看时，看到这位摄影师站在窗前时他就知道了。他继续走，手里拿着那张湿漉漉的照片。

贝洛克和巴迪之间的关系很奇怪。巴迪喜欢社交，总是一次跟三四个人说话，跟比赛似的。他不说谎，但他会在谈话中游走，好像身处乡间，不会专注地听人讲话，只会随便听一耳朵。贝洛克的长处就是他脑子转得慢。他是自我满足型的人，完整得像一台永动机。巴迪跟他在一起做什么？

第二天韦布探听到贝洛克更多情况。他跟一个摄影师团队，为一家叫基础公司的造船厂工作。他们各自独立作业，拍摄船只的各个部分、损坏的船壳之类的。散工。照片用来帮助船舶设计师改进设计。贝洛克用他赚的钱，租了一个房间，吃饭，买摄影器材，付钱给妓女让他拍照。博尔登从这一切当中看到了什么？自己本该慢慢来，小心行事。贝洛克似乎因经常被警察当作嫌疑犯而如惊弓之鸟。他让巴迪离他太近。

韦布在贝洛克身边转悠了好几天。驼背的贝洛克背上的衣服隆起，弯腰俯在他的三脚架支撑开的支架上。他甚至不是俯在上面，而是伸直了身子，因为他四英尺十一英寸的身材根本没有必要弯腰。贝洛克后脑勺的头发一直垂到肩上，前面的头发剪成刘海，这样发丝就不会掉下来挡住他的视线。当贝洛克乘坐火车从一个镇旅行到另一个镇拍船舶的照片时，他就在火车上睡觉，把感光板小心包好，揣在他硕大的外套口袋里。这就是有关这个男人的情况。这个总是随身带着他的拍摄器材、就像那是他的妻子的男人，跟在自我流放时带着吹嘴的博尔登如出一辙。这就是贝洛克辗转各地的方式。E.J. 贝洛克穿着他那套皱巴巴的破旧西装，但裤子膝盖后面的部分却挺得笔直。

在无烟车厢里，他的脸影投在玻璃上，和窗外的风景形成重叠的美景，飞驰而过的房屋的窗户划过他的嘴、他的眼。从近处看，韦布熟悉这头部形状，这血管，这嘴角的颤动。机器脸，**脑积水患者**。他的血液循环和体液循环以一种特定方式运作，这让他知道自己会在四十岁之前死去，也让他的膝盖不易弯曲。为了避免像患有这种病的其他人那样，走路的时候腿呈八字形或罗圈形，他朝前走的时候把腿挺得笔直。说得更形象一点儿，就是踮着脚尖走路。比如说他的右腿，踮着的时候使整只左腿像一个钟摆一样，在身体下方有足够的空间径直朝前移动，这样就能跨过右腿。然后再换另一只脚。这种走路方式也让贝洛克看起来高一点。不过他不常走路。他从不拍风景照，拍的大多数是人的肖像。韦布通过某些人的身体，或他们与众不同的直觉，发现他们的内心世界。这是贝洛克的循环方式和走路方式所到达的阶段。

◇

在布鲁伊特夫妇浴缸的热浪中，他的身体爆裂开来。污垢的盔甲四散，神经与肌肉都得以松散。他把头没入水里，憋了差不多一分钟，钻出来的时候洗澡水溅得到处都是。在水面下，他身体与珐琅浴缸摩擦的声音、滴水声、出水管的噪声，所有声音都被放大。他冒出头来躺在那里，没有搓洗身体，只是让污垢和汗渍融化在热气里。他站起来，感到一身轻松。他在身上裹了一条毛巾，打开门朝走廊看了看。布鲁伊特夫妇不在，于是他走到他的卧室，躺到床上睡着了。

络缤进来时，他正平躺着睡着，毯子和毛巾滑到身体一旁。她让头发落到他的腹部。头发沙沙作响，摩擦着他肚皮上黑色的弯曲的体毛，然后她伸出舌头，随意舔他的肌肤。他慢慢苏醒，她的舌头是肌肤探测器，她的唾液清凉，他两眼盯着她跪在床上的膝盖。接着，她的脸移到他的嘴上、肩上。

跟我们在一起。

这能改变什么？

你不想这样吗？难道你不认为杰林也想这样吗？

如果我是他，我会觉得没什么两样。

我不能那样做，巴迪。

她把嘴凑到他的颈窝处。

你呼出的气息碰到我身上，像有只苍蝇在我身上飞，可能有三四只。

讲一讲音乐吧，你想演奏什么音乐。

你知道，贝洛克养过一只狗，我经常几小时地看着它。它什么也不做，整天就坐在那里无所事事，但它会忙起来的。我看着它，从它的脸上我可以看出，它知道自己肋骨哪一寸有些痒。随后它爬起来，换个最舒服的姿势坐着挠痒痒。接着，它会脚踩地咚咚响地走开，脚步多半踢在地板上。

贝洛克是谁？

他是一名摄影师。拍照片的。他的照片像……窗户。他是我碰到的第一个对我的音乐完全没有兴趣的人。听起来有些虚荣，是吧！

对。听起来是有点儿虚荣。

但这是实话。你一演奏，人们就不断为你喝彩，直到你——你禁不住那么想——相信你正在做一件重要的事。但实际上你做的事情，不过是偷鸡摸狗、往墙上钉钉子这种小事罢了。每当你停止演奏，你就变成一个谎言。所以，跟贝洛克一起我明白了这个道理。我对那些东西一概不信……再也不信。它就像在做游戏。我们是被布置好的房间，贝洛克是一扇可以向外看的窗户。

巴迪——

不过她不愿脱掉衣服。她趴在他身上，亲吻他，静静跟他讲着话。他能感觉到她的衣服覆盖着他赤裸的身体，就像衣服是穿在他身上。他闭上双眼。他的上方不是天花板，而是一片天空。

不要靠着那只胳膊。抱歉。那只胳膊骨折过。

她意识到他们谈话的时候，他的手指用力按压她的背，就像他正用手指按着短号。她确定他没有意识到自己在干什么，她确定过后他不会记得。那是他在睡眠中与自己对话的一部分。甚至现在当她穿着红色毛衣和裙子躺在他身上时，他也毫无意识。然而，她错了。他正在改进《跳步态舞的宝贝儿》。

穿过躺在田野里湿漉漉的菊苣，菊苣如天。

◇

是她。再一次出现在房间里，现在穿着棕色长裙。棕黄相间，没有纽扣没穿鞋子，当她倚靠在门把手上时，门上的搭锁啪的一声锁上，这样，房间里就只有我们两人。门关上时发出的啪的一声，是我们发出的最后一点声音。我们之间隔着的只有房间里的空气。空气沉重，包裹着过往的经历和其他房间里朋友们的鬼魂。她不会离开门。我坐在床沿，看着面前的镜子。她双手背在身后。我必须站起身，穿过空气中的那些身体。第一次缓缓地轻吻她右肩的衣服，吻进她脖子的皮肤里。把我的紧张吹进她那因在户外散步而几近冰冷的头发。我的手指像梳子一样穿过她的头发，直到那些头发紧贴我手指间那些从未被用过的神经上。她右耳上散发着花粉的味道，我用唾液打湿她柔软的耳郭，就像一艘船驶入水中，吮吸回来又咽下。把这只可以活动的柔软胳膊放在她头的一侧。

我紧压着她的腹部。她的呼吸侵入我的白衬衫。她吐出的清凉气息吹在我大汗淋漓的前额上，我能感觉那些汗珠在蒸发。我把她的双臂举起，举到我们头上停住。我弯下腰，把棕色裙子掀到她的肚子上，再推到她的双臂上。我退后，看着她靠在我房间的角落，双手抓着举到头顶上的揉成一团的棕色长裙。现在，她转过身，背对着我，把脸贴到盖到她脸部的裙子上。冰凉的棕色后背。最后，我将她扑倒在墙上，我的勃起缓冲了我的推力，我放在大腿前的两只手将她拉向我，我们急促地呼吸，她令人发疯的肉体扭成一团，处处围堵着我，让我不至于滑出去，我们双手紧握，快速地进入又出来。再进入。为了身体最后的液体而呼吸，湿润的搭锁。最后我们慢慢地，慢慢地，在角落里一动不动。仿佛这是空气进入房间的唯一入口，房间一片真空，现在其他往事都消失了。

躺在这儿。用她的裙子和我的衬衫盖在身上取暖。我的汗已经干透，身体粘在她的大腿上。被我们弄出来的白沫粘在一起。门边，走廊里的灯光和空气从门底钻进来。用力嗅一下。她没有再往我的房间多跨一步。亲爱的络缤。我记得我靠在你身上颤抖。你嘴里的芬芳。我们俩是动物，遇见了未知的动物。体味、体型，到哪儿去找这份命中注定的温柔。靠在门上。在棕色和白色衣服下彼此交缠。试图再靠近。一步跨过禁区。

◇

韦布曾找贝洛克谈过话，但一无所获。他跟诺拉、克劳利、康沃尔都谈过，连孩子们他也见过——伯娜丁、查理。他们的故事像是无边车轮上一根根轮辐，消失在空气中。巴迪曾过着与他们截然不同的生活。

韦布兜着圈子，他试图搞清楚的不是巴迪在哪里，而是他在做什么，他绝对有能力找到他，但他不着急，他花了近两年的时间，通过每个曾与博尔登说过话的人来了解他的性格。

◇

事实上，巴迪·博尔登不告而别时，贝洛克比任何人都更为震惊。他曾把自己的那些想象灌输进巴迪的大脑。他坐在桌边，笨拙地向他表述自己的那些想法，巴迪被这些想法逗乐。贝洛克以为，巴迪是感谢他的陪伴才愿意听他的这些想法，他不知道这些谈话，在他唯一的朋友的心里，已经生根发芽。他们曾数小时地谈论逐渐从这个社会隐退。因为贝洛克生活在社会边缘，无论身处怎样的境况他都怡然自得。但巴迪并非如此，他像一个不谙世事的、寻找新的立足点的探险家，越过贝洛克继续前行。贝洛克没料到会变成这样。否则，他完全可以轻易将那些讽刺之处解释清楚。这些玄妙的隐私可能值得骄傲，但对他人来说，只是没有顺序或没有意义的噪声。这一点贝洛克了解，但他从未因是否要去实现那些离奇想法而困扰，他不认为自己擅长于此。就连拍照这件事，更多只是恋物，一个并无太多乐趣的私人游戏。贝洛克想到这里，意识到是他诱惑巴迪走上了另一条路。巴迪曾是一个令人艳羡的公众人物。他与贝洛克保持着无足轻重、无甚必要的友谊。一直以来，贝洛克以为他的朋友自视甚高，现在他发现反倒是他自己是这样。

◇

杰林和络缤。杰林和络缤。杰林和络缤和博尔登。络缤和博尔登。这故事发生在他们之间。这种欺骗存在他们之间，这种义气存在他们之间。他打算以后告诉韦布那些。

杰林·布鲁伊特的沉默表明，他理解他们三个人。他慢悠悠踏着小步走出门，说他明天回来，这之前他不会回来。他们三人曾数小时天南海北地聊天，诸如钢琴机械装置、钓鱼、星辰这样的事。他跟博尔登说，今年将出现一颗新的星星，名叫伍尔夫·拉叶星。该叫伍尔夫星，博尔登说，这个名字更好听。是的，这个名字更好听，但这不是它真正的名字。是两个人一起发现这颗星星的。一个叫伍尔夫，一个叫拉叶，杰林·布鲁伊特说。那样的故事也发生在他们之间。后来，他们两人都意识到，他们一直在谈论络缤。

◇

如今仅存一张博尔登和他乐队的照片。就是你看到的这张。

吉米·约翰逊
低音提琴手

博尔登

威利·康沃尔
伸缩长号手

威利·华纳
单簧管手

布罗克·芒福德
吉他手

弗兰克·李维斯
单簧管手

这张照片拍得不好，图像也不清晰，部分原因是照片经历过火灾。这张被消防水龙带浸过水的照片，由威利·康沃尔保存了很多年。

◇

火是从贝洛克在房间里摆的一圈椅子开始烧起来的。十七把椅子，其中几把是他借来的。这些椅子以这种方式摆在这间二十英尺见方的屋里，看起来像是沿着墙搭的一个戏院包厢。然后他拿起那支细蜡烛，点燃，站到一张椅子上，将从天花板剥离一半的墙纸引燃，他踩在椅子搭成的路上继续引火，直到点完一圈。他异常艰难地从椅子下来，回到房间中央。火焰发出巨大的声响。墙纸下的木板在热浪的冲击下噼里啪啦纷纷折断。他默默地站在那里，尽可能一动不动，试图带着仪式性的庄严吸入残存的氧气。接着，他吸入的是浓烟。白烟将他包围、遮掩，看起来就像一团云涌进房间。

火焰的呼啸令人惊恐。随后，火焰的呼啸戛然而止，这时他已无法平静呼吸，他呕吐出浓烟，撞倒在红色的家具上，撞倒在着了火的一排椅子上，最后一头撞向一堵墙，只是那堵墙已经不复存在，只剩一道火帘。他隐没在火里，一头扎了进去，就像一个猛子扎进一排波浪，再满身通红地从另一侧钻出，以一个不可思议的角度。他本以为那堵墙还在那里，他的身体已经准备就绪，他的心灵已经准备就绪，于是他的身体蜷缩着朝一股想象中的力量冲过去，好像他在冲向空中一栋看不见的建筑物。

随后，他摔倒在地，不能保持原来的姿势。事事不称心。墙没在那里，不能挡住他或将他掩藏起来。那里没有任何确定的存在可以抱住他。

◇

在阳光下。我是水天之间唯一的物体。那不是一只眼睛狭窄的焦点，就是疯狂的白色的嘈杂，那双眼圆睁，希望将它们烧成石头。

傍晚，我沿着海岸走回那座小房子，房子的背面对着我，留下一排阴影。络缤和她的朋友们。我心中满是白色的隐私。我的周围是不停的冲撞。目光被人群挡住。昨天络缤在争吵时将一些奶油弹到我的脸上。我想都没想就跳起来抓起最近的第一样东西——满满一壶牛奶，全都朝她泼去。她站在厨房的门边，对我做的事哭笑不得。当她看到牛奶泼来时，她弯着背，一动不动地站在那里。牛奶泼到她那张娇嫩的迷茫的漂亮的褐色面颊上。我愣在那里看着她，剩下的牛奶顺着壶嘴滴滴答答流到地上。

杰林和屋里的其他人都默不作声。我轻手轻脚地将牛奶壶放到桌上，这样一个小心翼翼的动作为的是让她明白我的紧张情绪已经发泄一空。然后我拿起一块大毛巾盖在她淋湿的衬衫上。接着像一个明智的胆小鬼一样溜出去，直到深夜他们都上床睡觉后才回来。当我回来的时候，她还在客厅，坐在扶手椅里快睡着了。

我们去游泳吧。我想把头发上的牛奶洗掉。

抱歉，试着忘了这事吧。

不，我不会忘的，巴迪，但我知道你内疚了。

哎，一时冲动失手。

是，你会安稳几天。但接下来你会砸烂哪扇窗子，摔坏哪把椅子。

别说了，络缤。

你指望回来以后我还什么都不说？当着杰林的面？

瞧，你要么是杰林的妻子，要么是我的妻子。

我是杰林的妻子，我爱上了你，事情可真复杂。

哎，本该简单。

你认为他怎么想？他什么都没说，甚至你不在场的时候也没说一声。你真的指望我什么都不说？

是的。抱歉，你知道的。

好吧……我们去游泳，巴迪。

她咧开嘴笑。我也咧开嘴笑，笑得前所未有的大声。

在柔软的玻璃一样的水里。我们缓缓滑入，把衣服留在大石头旁。头掠过水面。

只要我不伤害你或杰林。

只要我不伤害你或杰林，她学舌。接着她开始模仿潜鸟，游到更深的水里，头滑过我的身体。在我们头下面，所有游动着的黑色的邪恶生物都在等着把我们拽入噩梦，吓得我们心脏病发作，在水中吸我们的血，把我们拽入黑暗，让我们坠入混沌。她这只潜鸟在笑。暗淡的白水星就在我们身体下面。朝着疯狂的声音游去。

◇

去找汤姆·皮克特。

为什么？

因为他，因为巴迪收拾过他。

为什么是皮克特？

去问他。

我去哪里能找到他？

不知道。

告诉我，康沃尔。

去唐人街找找。鸦片馆。

是因为那个吗？

不是。

好，我会去找他。

接着，当韦布就要跨出大门的时候，康沃尔说——

听着，他将跟你说的话都是实话。那事之后我看到过他的脸。你不会相信的，但那是真的。

谢谢你威利。

一天后，他在一间满是苍蝇的房间里找到皮克特。房间里的空气潮湿混浊。他只好不停地驱赶叮在他脸上和头发上的苍蝇。

别弄死一只苍蝇，你这狗娘养的，不然你就出去，真的，从这里滚出去，行吗?

这他妈的是怎么回事。不是说毒品，是说这乌七八糟的。苍蝇。

我邀请它们进来的，可以吗？如果你不喜欢可以滚。

康沃尔不会知道这些，不然康沃尔会告诉他。康沃尔决不会到这里来。韦布差点不能呼吸，只要一呼吸，就有一只苍蝇飞到他鼻子或嘴里。黄昏，窗户全都关了起来，一丝风都没有，只有汤姆·皮克特和放得到处都是的装着食物的盘子。

从我吸毒以来，你是第一个来这里的人。不要告诉其他人。

我是来谈谈巴迪的事。

我猜到了。那是人人都想谈论的话题。

皮克特躺在地铺上，韦布则站在他旁边。

这是他干的。皮克特在脸旁边拍拍手，于是苍蝇飞走了一会儿，随后又叮了上去。他的脸上有五六道疤。皮克特曾是这个地区最大的皮条客之一，也是最英俊的男人之一。

他们要逮捕他，因此他逃了？

不是。

那他为什么要走？

不知道。我不认为是这么回事，你瞧，他承认了自己干的事，他干了这样的事，并且原谅了自己。羞愧对他来说不是个事。

当时发生了什么？

苍蝇爬过他脸上的伤疤。

九点。外面狂风大作，暴雨如注。《蟋蟀》的工作已经做完。不想思考。那个孩子已把酒送来，但我还没打开瓶子。我注视着镜中身后的墙壁。独自一人。想要思考。

汤姆·皮克特走进来。他穿着黑裤子、白衬衫，被暴风雨淋湿的衬衫粘在身体上。有空给我好好剪一下头发吗，巴迪？我想他是这样说的，反正跟这差不多。我看着他衬衫上一条条将衬衫变成棕色的水渍。我站起来，递给他一条小毛巾让他擦干头发，拧开盖子把酒瓶递给他。天啊，这酒你动都没动，你生病了吗？我耸耸肩，指着一张椅子让他坐下。像往常一样，他告诉我究竟想要哪种发型。长得好看的人都非常保守。像往常一样，他把两只脚搁在水槽上。我把毛巾围在他的衬衫上，在他的脖子后面打一个结。他把酒瓶递给我，我接过酒瓶放到一边。

"我开始谈论他的情绪，他当时非常安静，你知道，这种情况出现在他身上，真他妈奇怪。但他还是不愿意多讲话。我猜，如果你想搞清发生了什么事，你得弄清楚他怎么会是那个样子。过了一会儿，我说了几句乐队演出太频繁的俏皮话，他还是没有接话。他继续埋头理发，按我的要求剪。但是他……紧张，你知道。我开始跟他讲那个笑话，天啊我到现在还记得那个笑话怎么讲的，不会是那个笑话有问题吧？讲的是一个家伙自我感觉良好，但遇到的每一个人都说他看起来很糟。好吧无论我怎么说，他只说这笑话他听过。于是我没再讲下去。我始终可以从镜子里看到他。接着我们开始聊天，这时我没有催他说话。我们聊的是我的皮条生意。我们经常聊这事。这是我们之间真正的纽带。平时这是一个愉快的话题，因为尽管他不赌钱，但他很喜欢跟妓女一起玩。我不知道你是否知道这事。”

“我知道。”

“对了，在这件事情上，他原来一直很有幽默感。没有一副圣人的口气。所以我就毫不拘束地说着我的那些交易，他剪完我左边的头发，接着他开始对我咆哮，我是说，他满嘴脏话。于是我觉得他肯定是在闹着玩，就打趣回敬他。我以为他是在开玩笑。我开始拿我跟诺拉的事刺激他，我一直对着镜子冲他笑。接着，他抓着毛巾往我脖子上一绕，使劲朝后一拉，我的后颈磕到了椅子上。他的左臂抵住我的下巴——就像这样——另一只手打开剃刀，像要把剃刀扔掉似地弹出刀锋，在我衬衫上划了几刀，划破了几个地方。衬衫一被划破，他就开始在我胸膛上刮，刮掉我的胸毛。我没有动弹也没有说话。我想不动为妙。接着他切下我的乳头。我以为他不是故意的，可能是意外。但疼得我大叫。随后他松开我的脖子，开始刮我的脸，刮得飞快，刮出了几道小口子，我疼得哭了出来，眼泪都流进到伤口里了。我抓着他握剃刀的手，挣脱出来。我脸上最深的一道口子就是那个时候划的，伤口在这里。但我摆脱了他，操起一张小椅子砸向他。”

椅子不偏不倚砸在我的头上。但剃刀还在我手上，我们站着看着彼此。血沿着他的下巴流到他划破的湿衬衫上。他飞快地瞥了一眼镜中的自己，顿时眼泪哗哗涌了出来。我筋疲力竭，觉得对不住他。现在我对他怒气全消。我完了，我内心空荡荡的，但我不能告诉他。该死的我这是怎么了？皮克特板着脸，环视着房间四周，伺机朝我扑过来。他拿着砸过我脑袋的椅子，向水槽靠过去。他另一只手提着一头有个金属钩子的磨刀皮带。他把皮带往左边一挥，然后慢慢甩到右边，钩子正中镜子中央。四十五美元没了。镜子碎片掉在他先前放在水槽里的毛巾上。正是他想要的大块碎片。我拿着剃刀站在房间后部。

他捡起一大块碎镜片，从房间那头用力朝我扔过来。碎片击中了我肩膀左边的墙，但速度真的很快，我吓坏了。我知道他非得把我撕碎不可。他又捡起一块碎镜片，从二十英尺远的地方朝我扔过来，碎镜片径直朝我冲过来。我的脖子完了。它朝我冲过来了，我死定了，我不能死。快跑。然后它遇到一股空气阻力，向上一斜，碎镜片在我头顶上方碎裂。我旁边的门打开了。诺拉。什么！退后。没等他捡到更多碎镜片，我便朝他冲过去，冲他挥着剃刀叫他离开水槽边。他左手拿着椅子使得我不能靠近，右手甩着皮带，狠狠抽在我的左胳膊上。胳膊断了。就那么断了，感觉不到疼，但我知道胳膊断了。他抡起椅子一顿乱舞，但由于椅子太重速度起不来，我躲了过去。他又一挥皮带，打中我一只膝盖。膝盖顿时失去知觉，但还走得动。他再一次举起椅子，我丢掉剃刀，从他手里夺过椅子，把他往后一推。这下可以躲过皮带了，但左手还是动弹不得。诺拉的身影映照在另一面镜子里。理发店里除了我们俩和躲在后面角落里哭喊的诺拉之外，再无他人。她冲着我们大声尖叫，说我们疯了我们疯了。

现在，皮克特的脸肿了起来，肿得他两眼都不太睁得开。势均力敌。他的皮带和我的椅子。我不会举起椅子。如果我打破局势，他准会用皮带抽我的头。我的膝盖打着颤，疼痛袭来。我感觉不到手臂的存在。皮克特挥起皮带，缠住椅子。我握住椅子拼命把他往后推，他退后一步，椅子差点贴到他那张不愿让我碰到的脸。我又一推，他跨过冰块，越过前窗。一声巨响，好像蜘蛛网一样的东西将他网住。他破窗而出，皮带钩住我的椅子，我怒火中烧。我不会就此罢休。我也跨过冰块、玻璃和空荡荡的窗框。我们在大街上对峙。

利伯蒂街。天色灰暗，如注的大雨打在碎玻璃上，水花四溅。皮克特站在人行道上，现在我也站在这里。我跌倒在地，身下压着我受伤的胳膊。他在踢我，但我感觉不到疼，我可能是金属做的。我们扭打着分开。我们之间隔着三英尺距离，皮带和椅子还缠在一起。雨又急又密。他那件在理发店里染红的衬衫现在发胀起来，变成了粉红色。一片樱桃红在他的乳头上晕开。筋疲力尽。相对无言。雨在我们周围展开厮杀。诺拉在敞开的窗前大喊："住手——住手——"片刻后她爬出窗口，跑到放空可乐瓶的架子前，开始把空可乐瓶扔到我们中间。瓶子接二连三地摔碎。一些瓶子没有摔碎，但滚到一边时发出巨大声响。我们还是一动不动。而后她把瓶子朝皮克特扔去。瓶子打中他的脚，他不以为然地退后一步，眼睛依然盯着我。接着，一个瓶子击中他脑袋一侧，砸开了花的头让他气喘吁吁，血流到他的脸上。他哆嗦着扔下皮带，退后几步，拿手捂住眼睛，然后大步走下人行道，嘴里喊着我要杀了他。

于是他离开了，汤姆·皮克特。去跟我的朋友们说我疯了。诺拉慢慢朝我走来，对我说我疯了。我放下椅子坐在上面。我好累。雨水落进我的脑袋。诺拉走进我的脑袋。汤姆·皮克特在利伯蒂街的尽头朝我吼叫，他晃着两只胳膊挥向我，我妻子原来的情人，她以前的皮条客，她坐着看着英俊的汤姆·皮克特。诺拉抚摸着我的手臂，我没告诉她，我感觉不到她指间的触碰。她的愤怒或她的心疼。雨像无数的小窗，落在我们周围。

◇

布罗克·芒福德

“那段时间，在他出走之前，他简直无法理喻。我在四楼有一间房。房号是119A，我们昨天还在那里。我在避开人群。在他出走前的这段时间，大家对巴迪有诸多不满。乐队闹翻了，我被当作和事佬，要裁定这回是谁不公平，那回是谁不公平。于是我只能白天不出门，因为我一出去肯定会被他们中的哪一个拉住。巴迪总是大喊大叫。每次争论，他都试图用大嗓门胜过你。”

我最后一次见到他……楼下的门是锁上的。铃声响了，我不想开门，只管躺在垫子上抽烟。几分钟后，他敲了敲窗户，他是从屋顶爬下来的。实际上，从屋顶爬下来非常容易，但他似乎很引以为豪，我没跟他说过我的想法。那些天，你只要拿了他任何东西，他都会大喊大叫，或者生闷气。他真是孩子气——尽管大多时候他是正确的，这点很重要。那个时候很多人想击败他。皮克特事件让他不得人心。巴迪没有在他事业的巅峰隐退，你知道的。没人这样做。无论他们嘴上怎么说，没人做得到。如果你正处于事业的巅峰，你没有时间考虑是否要停下来，你只会忙着往上往上再往上。只有到几个月后，当辉煌黯淡——通常在其他人发现这种变化之前——你才会开始考虑隐退，如果你是那种有自知之明的人。但他的演奏仍然精彩……

他从窗户爬进来，在我躺着的床边坐下，马上就滔滔不绝说个不停。就跟你一样。

他坐在那里说呀说，天啊他满嘴都是抱怨。是抱怨弗兰克·李维斯或别的什么事。他说有人在街上跟他擦身而过却没有跟他说话，很可能是没看见他。他抱怨个没完没了。随后我也开始说我怎样受够了，再也不想裁决那些纷争。我有自己的问题。这是我头一次说这事，你知道，我本以为他有兴趣听，但不到一分钟，他就开始流露出他对这个话题要多烦有多烦的神情。你知道，就是不耐烦，眼睛在房间里到处看，吸吸鼻子，嘴里发出不耐烦的啧啧声，好像这类事情他听得多了去了。于是我闭嘴，他继续说。大约一小时后他起身离开。在这之前我甚至没听他在说什么。他边跳出窗户，边说他们可能监视着门口。

◇

如果诺拉曾跟皮克特在一起。真的如皮克特所说跟他有过一腿。刚跟博尔登做完爱，半小时后又在运河街坐到汤姆·皮克特的嘴上。毫无疑问，他既厌恶又离不了的是腿根部的液体。

诺拉和其他人曾经那么需要英俊的皮克特。她在雨里朝皮克特扔瓶子赶他走，她完全掌控了自己的命运，而他博尔登就那么看着，与此毫无干系。他发现在街头发生的一幕打斗与他毫不相干。早前皮克特那样自信，他对她了若指掌，了解她的骨骼，天啊他甚至知道她身体里有多少根骨头。

博尔登完全可以想象出，当她趴在他身上，跪在他身下，或在花样繁多的亲吻中吮吸他时，那种湿乎乎的虚情假意。苦恼在于，你可以看穿皮克特的心思，因此当他说自己以前一直跟诺拉有性关系时，博尔登立即相信了他。就在他刚想嘲笑皮克特，说那是他的幻想的那一刻，他相信了他。汤姆·皮克特的脑子可不是用来装幻想的。

他叫来康沃尔。包打听。他让他喝酒听他说话。听着！喝得太多，康沃尔疯狂的胡言乱语分裂为反复絮叨、谎言和奇想。他凭空想象出诺拉和整个乐队乐手的清晨邂逅。快到凌晨四点，他们两人拿着酒杯，僵在那里。博尔登躺在三把椅子上面，冲着天花板嘀咕。

好了，我得走了，查理。

等等！别走，告诉我你觉得那个婊子怎么样。

这，你不知道么，她是一个美人，查理。

哼，搞什么鬼，我是一个美，康沃尔模仿诺拉说话的样子。他爆发出一阵大笑，胳膊先滑到地上，以便笑得更痛快。接着，当康沃尔终于走到门口时，倒在地上的博尔登说，你知道……不管发生什么事，我们仍他妈为自己考虑更多！他又大笑起来，直到康沃尔离开。他的胸口和喉咙都笑累了。

他四仰八叉躺在那里，醉得不省人事。他拿起手腕放到牙齿上使劲儿咬，越来越用力地咬了几秒钟，接着他便失去了知觉。手臂砰的一声落回地上，伸展开。渐渐入睡，血管感觉刺痛，那是为它只差一步就要获得自由所付出的代价。濒死的狂喜。这种感觉在他睡着时传遍他全身。

◇

不久，长号手弗兰基·杜森接管了博尔登乐队的一些乐手。他们自称老鹰乐队。十七岁的邦·约翰逊顶替了博尔登的位置。博尔登前往林肯公园，看到邦·约翰逊在那里演奏，站在前排中间，他只是转身穿过人群往回走，人们退到两边为他让道。都德·博特利尾随着他，现在他讲了以下这个故事，对此有的人相信有的人不信。

“他像一只傲慢的公鸡走出公园，径直走向运河街，无视所有人、所有事。我跟踪他走回理发店。打碎的窗玻璃全被木板替代，他随手拆下一根木板爬进去，踩着冰架跳到地板上，双臂展开，一圈一圈踱着步子，好像在跳步态舞。我站在街对面注视着，一会儿他便坐到一张椅子上，盯着镜子看。那里漆黑一片，没有什么光亮。理发店后厢有灯，光线洒在理发店的地面上，博尔登像一只坐在椅子里的狗一般焦躁不安。他不应该来这里，因为他不在这里干活了。这时大约晚上八点，因为天气冷，我在马路对面来回踱步以暖和身体，我应该跳一支舞的。我甚至能听到几条街之外林肯公园传来的音乐声。

我看到他走到理发店后厢有灯的地方，回来的时候手里拎着短号和酒瓶。他想先喝点酒，不想酒还没喝便号啕起来，他把酒瓶放在水槽里。我的眼眶也湿了。我不禁想到那时他昂首阔步从马路上经过，所有的男人都围着他，所有的女人都崇拜他。现在他们都去哪儿了，我问自己。之后，我听到博尔登的短号声，乐声很轻，我穿过马路，靠得更近些。他在那里，舒展地靠在椅子上，轻轻吹着那只银色乐器，那声音低得只比耳语声高一点点，我看见他拿起帽子盖在短号的喇叭上……尽管我熟悉他以前吹奏的布鲁斯和葬礼挽歌，但现在他吹奏的音乐对我来说实在陌生。我仔细聆听，他奏出的曲调既像布鲁斯也像葬礼挽歌。我辨不出曲调，随后我明白了。他在把两种音乐糅合在一起。他吹奏着布鲁斯，紧接着是忧郁些的葬礼挽歌，然后是比葬礼挽歌凄婉的布鲁斯。那是我有生以来第一次听到将葬礼挽歌和布鲁斯融合在一起的音乐。

现在窗外站着我们三人，一种奇怪的感觉蔓延我全身。我有点儿恐惧，因为我知道上帝不喜欢把魔鬼的音乐与他的音乐混在一起。但我仍继续听着，因为那音乐听起来那样奇特，我猜我是着魔了。当他吹起布鲁斯，林肯公园的场面浮现在我眼前：所有的流氓和妓女都摇摆着身体，肚皮贴着肚皮，雏妓身姿摇曳，拍打着自己的屁股。而后当他吹奏起葬礼挽歌，我仿佛置身于我母亲的教堂，跟所有人一起吟唱。

场景随音乐变换。那音乐听起来就像是善良的上帝与魔鬼之间的一场战争。某种东西叫我听下去，看谁会赢。如果博尔登停在葬礼挽歌上，那么善良的上帝赢。如果他停在布鲁斯上，那么魔鬼赢。”

◇

卡勒派因街四七六三号。布鲁伊特夫妇的住所。

韦布在早上七点半的时候来到这幢房子前。他把车停到路边，在里面睡到九点。直到他认为他们应该醒了。博尔登会在那里，络缤·布鲁伊特在那里。可能还有杰林·布鲁伊特。草地上种着毫无美感的树，他绕过房子一侧，踏上通往一楼的阶梯。敲敲门。无人回应。他走进房间，一个人也没有。他敲敲过道边的一扇门，把头探进去。络缤·布鲁伊特睡在床上。

什么事？

抱歉。我在找巴迪。

他起床了，在某个地方了。可能在浴室。

他点点头，轻轻关上门。经过过道。敲敲浴室的门。

进来！

于是他走进去找到了他。

◇

他坐在浴缸边上，他的朋友正在泡澡。最初博尔登放声大笑。他没法忍住。他想知道韦布是怎么找到他的。韦布把他找过的所有人的名字都报给他。诺拉。康沃尔。皮克特。贝洛克！是的，贝洛克死了，他把自己烧死了。你什么意思，他把自己烧死了？他在自己周围点了一圈火。

他们能听到墙另一边络缤在厨房里的动静。那是络缤·布鲁伊特吗？博尔登在水里点点头。杰林·布鲁伊特来了就走？博尔登点点头。那你的音乐呢？快两年没吹过一个音了。想吹吗？有一点。你可以在庞恰特雷恩的小屋里练。我不想回去，韦布。你想回去，巴迪，你想回去。韦布坐在搪瓷浴缸边上不停说啊说啊，你做这一切是为什么，巴迪？你为什么不回去？你在这里有什么好，你什么也没干，你在浪费，你在——

直到博尔登钻进水里，躲开他的碎碎念。博尔登睁开眼睛，看着水面上韦布俯身盯着他、做着手势的模糊身影。他在水里憋着气，直到快要无法呼吸，他的心脏难以抑制地想跳出胸膛，博尔登在水下继续憋着，不想冒出水面，他的两个肘关节紧紧抵住浴缸一侧让他闭嘴闭嘴吧。噢老天爷，让我静一静，他的两眼瞪得生疼。如果韦布想把他从水下捞出来，他决不会上来的，他清楚。急需空气！他空荡荡的心脏制伏了他的两只手臂，他从水里一跃而出，淋了韦布一身水。他大口吸入他能吸入的一切。

他猛喘着，是的行韦布行行行。他弯着腰大口喘着望着水龙头。韦布坐在他右边，一擦干溅到他西装上的水，便又开始絮叨。巴迪一个字也听不进去，当他不存在。他听着络缤的声响和清晨厨房的锅碗瓢盆声，他知道，很快他就会失去这一切。韦布正在释放他必须追捕的兔子，因为现在笼子被打开了。当他完成任务，笼子里总会留下毫无价值的兔子那毫无价值的味道。

络缤拍拍门。他要留下来吃早餐吗，巴迪？

沉默。像一只巨大的野兽在浴室里徘徊。正在他要闭上眼睛时，他的眼前浮现出几年前她拿着两杯橙汁站在那里的情景。是的。他留下来吃早餐。

火车之歌

穿过躺在田野里湿答答的菊苣，菊苣如天。
穿过躺在田野里湿答答的菊苣，菊苣如天。
穿过躺着的菊苣
菊苣如天，
菊苣如天菊苣如天菊苣如天
穿过潮湿的如天菊苣
穿过躺着的潮湿的如天菊苣

◇

他走后，我们坐着，对着吃剩的早餐。在一分不差的同一时刻我们两人心照不宣。韦布在这儿把他知道的我和诺拉、格拉夫街和菲利普街的事统统抖搂出来，我和络缤之间筑起了一道会触电的玻璃墙。韦布走后，我们仍坐在那里，一直坐着，不动也不说话，为的是不理会这道玻璃墙。老天，他话真多，凭着他的记忆把我老底翻出来，因此我成了木偶，她成了一幅风景画，这般异域风情、这般洋味十足，以至于我在这儿显得滑稽可笑。他竟然能不远千里找到我，竟然能把我翻个底朝天，好让他像指挥混乱的交通一样指挥我回家。

在这里。我不为人知，独自一人住在一间白色的房间里，没有过去，没有值得炫耀之事。因此以这间房间为模型，我能制作一些未知的东西。在这里我是角落之王。我想找回第一次演出时怀有的那种对于确定性的恐惧，是络缤将我的身躯从盛名中抽出。那时我还没意识到名声会使房间越来越窄，直到你只能仰面蠕行，房间里充斥着你的回声，直到你只能呼吸自己吐出的废气。络缤和杰林只靠微不足道的物体，便将我带回那种无处遁形的恐惧。

他来到这里，把我的过去和未来摆在这张桌上，那就像铺一条路似的。

最后一晚，我们撕打彼此，好像要伤害对方，好像要在早晨到来之前找到所有事情的答案。酷热难耐，我们出去买回一袋冰，用嘴咬成小块，吐到对方的身体上，她用舌头把冰块滑到我小鸡鸡的下面，我则把冰块送进她火热的红色褶皱里。但我们已经搭上清晨公共汽车的悲剧之旅。像融化在我们的燥热里的冰块。滴下来打湿了我们的胸膛我们的乳房。我们靠近彼此，九月热浪里的私情、自私和残酷。我们彼此给对方上演了一场戏，冰块之伤口。我们想象着这场戏的观众，观众就是彼此，未来永远如此。“我们没有对方都会疯的，你知道。”世上最孤独的话。她的声音落在我的手上，好像要制止她说出来。好像现在我们彼此相伴走向未来。在这最后一刻，我们试图记住我们永生不愿忘记的面容和动作。好像世上的一切只是一部冰块的历史。

早晨。我胸膛和腹部上的水已经干透。我醒了，四仰八叉躺在床上。没必要翻身。蓝天白云，光洒在房间。没必要转头，因为络缤已经离开。我的身体已经伸展到她空出的空间。我左手弯着搭在身体上，而后用尽全力把手砸到她睡过的那一半床上。手在床单上弹起。这时我知道，她走了。

◇

他搭公共汽车去韦布在庞恰特雷恩湖边的小屋。他两只手分别放在两条大腿上，一动不动。他的身体靠着车窗。窗外阴雨绵绵。他右边穿黑色裙子的女人坐下时微微一笑，弯下腰在纸上草草地写着什么。她的两条腿不时抽动，好像她的脑袋长在腿上。

他试着嗅嗅她的味道。他们途中过夜时旅店隔壁房间里她嘴里的气息。他熟悉她身体的形状。在房间里，当她站在他面前，那对小小的乳房冰冷。她的心冰冷。他跟她的关系维持了几个月，最初几次做爱很尴尬，慢慢变得真正亲密起来。在了解彼此的性格和癖好后疏远起来。对彼此的速度愈发厌倦。所有这些是在汽车行驶不到一英里的距离里他产生的幻想——她在不停地写，他在猜测她的内心世界。当她独自一人在米尔恩堡下车时，他甚至都没瞥她一眼，因为她现在已经是他的老朋友了。他能猜到她的表情，任何时刻她脸上的表情。公共汽车上突如其来的性欲让伴着鲜活的她触动了他僵死的脑袋。因此即使数月以后、数年以后，他还零星记得她的身体她的性格。他想要的是残忍的、单纯的关系。

◇

今天下午到的这里。四处转转，从我找到的东西上回忆你。书、墙上的照片、天花板上挂磁铁留下的钉子洞、水槽上方的架子上的“种子包”——你假期结束之后脱的皮。再次嗅闻到你的性格。

这里的毯子不够，韦布，天真冷。找到了一件旧猎装。我裹着猎装睡的，全是猎人的汗味、火药味。我一到这里就上床睡了，现在是后半夜，我醒了。脑袋一侧闪过自杀的念头。

我们的友谊并非出于偶然，不是吗。甚至在最开始的时候，你就有意把我管教好。你确实这样做了。你恰如其时抹掉了我的幼稚，节省了我很多精力。我开心地飞奔离开，独自住在一个远离你的城市。现在你做了一根皮带，把皮带一圈圈挽在手腕，径直向我走来。你把我拖回家。像是斯特利维尔角斗场的斗牛㹴狗饲养员，他们竭力证明他们对牲畜的训练有效，他们会放狗追捕猎物，以证明这些狗的意志有多坚决。为了证明狗能紧咬猎物不松口，他们会把狗砍成两半，知道它们仍不会松口。

一直以来，我憎恨自己所做的事，想做些其他事。在一个人头攒动的房间，他们的气味、他们的叫喊使我崩溃。只有我自己时，我能闻到他们在我衣服上留下的气味。我害怕，韦布，我不觉得自己能找到一个真正喜欢我的音乐的人。你所做的一切就是把我劈成两半，叫我来这里。我不想得到这些答案的地方。

◇

我走到外面，把尿撒在你的花园。当我走回门廊，那只狗正舔着水碗，试图避开碗里漂浮的黄叶。它用了很长时间，将身体调整成极为灵活的姿势，这样一来它就可以将自己的舌头伸到黄叶之间，够到那看不见的水。它舌头打成卷，舀住水。它跟着我一起进屋，把嘴里最后一口水吐了出来。它一进屋就四处乱蹿，好把沾在毛上的夜晚寒气从身上抖掉。

现在无论我去哪儿，那只狗都跟着我。如果我走得慢点，它便跑到我前面，转过头等我。如果我到外面去撒尿，他会跑到那块地方，仔细观察，在同一个地方撒泡尿，然后刨土埋上。有一次它甚至跑到我尿湿的地方刨土盖上，自己没有撒尿。今天我留心观察它，向它回以敬意。它在一棵树下撒泡尿后，我走过去也在那儿撒了尿，用一只鞋弄了些土盖上，这样它就知道，我也会它那一套。它高兴起来。它汪汪大叫，激动地围着我跑了好几分钟。它一定感觉到它在猎狗文明的传播上取得了一个重大突破，它可能是对的，谁知道呢。这个故事怎么样，韦布，给你看看我的一点小幽默。

◇

疲倦。硫磺。当你累了，身体笨重，你会闻到硫磺的味道。贝洛克能闻到。经常闻到。凌晨两点，凌晨三点，倚着餐馆的临街窗户，他擦一根柜台上的火柴，使劲嗅。氨气横冲进他的大脑。赶走疲惫。然后他回来继续交谈，话题除音乐外，包罗万象，这是一位藐视所有沽名钓誉的朋友。我说，你觉得这种音乐不怎么样，是吗？没这样想过，他说。他看着我荒废自己，想让我退回自己的身体，就像退进一间黑暗的房间，被什么东西绊倒。那样就不会再被别人注视。我说他错了的次数越来越多，我跟他通宵聊天的次数越来越多。

这个疲倦的小个子男人坐在理发店长凳或理发椅上，对于我正在尝试做的事，他从未说过一句轻蔑的话，只是说无趣。而我一开始，出于我的虚荣心责备他是音盲！他给我提供空旷黢黑的空间。他每小时用火柴提神，想让我对一切视而不见，除了自己的痛苦。所以，是的，是有必要回家了，韦布，带着如沙漠般随意的黑暗。

我说的任何跟他有关的事，你都会解释为敌人的勾当。韦布，我所爱的，是他沉默中包含的一切可能。他就在那儿，像正午时分一条细小的影子。亲爱的贝洛克，他身材那么矮小，他是唯一一个能在理发店伸直背而不会被风扇打到的人。他不依靠任何事。他不信任任何事，甚至连我也不信任。我无法向你大致描述他，他引诱我走出听众的世界，在那儿，我曾试图抓住一切向我砸来的东西。他带给我如鼹鼠般的安慰，带给我如鼹鼠般的欺骗。韦布，跟我来，我想给你看一些东西，不，跟我来，我想给你看一些东西。你也来。把你的一只手伸到窗外。

◇

你不了解我，例如，当我跟布鲁伊特夫妇在一起的时候，诺拉没在。我们三人整晚玩纸牌，然后杰林留在楼下，络缤和我会上床睡觉，我和他的妻子。他独自待在楼下，不发出一点声响。最后他会坐下来，按下钢琴的那一排牙齿。他的练琴声传到楼上，每一个音符都是按在我们身体上的手指。他长满老茧的手指和肌肉无声的敲击没入钢琴，弹出音符，声音沿着楼梯穿过门，抚上她的肩膀。音乐是他在敌人礼堂里的舞蹈。但我爱楼下这个男人，就像她爱楼下这个男人一样。神啊，坐下来演奏，将它倾入音乐之中！为了消解怒意压住怒火，每晚的曲子都不一样。他会等半小时，就像狗一样，它们等到主人睡觉之后再跑进厨房，在垃圾里觅食。这音乐这么捉摸不定，它令人心碎又美丽。穿透墙壁。对她的或对我的亦或是对他自己的怒意散去。音乐的流弹射到我们睡的床上。

每个人的爱意都游荡在空气中。

◇

两个小时，我一直听着收音机，那是从你衣柜里找到的。藏在旧睡衣下。你什么都没丢掉。男式长睡衣、皮带、一些硬币，收音机就放在它们中间。电线老化了。我必须把它塞进一个插座，我很担心，时刻准备往后跳。但那块金属滑了进去，连接上了，逐渐响起来的嗡嗡声，从很远的地方传到这间屋子里。

两个小时里我一直在听。人们在谈论一场我错过的危机，那危机已经解除，但疑点重重。听不出个究竟。他们说得不清不楚，他们没有交代事情的始末，我不知道谁是这个故事里的英雄。于是我躺在床上，听着收音机里的声音，接着罗比查乌克斯的乐队上场。

约翰·罗比查乌克斯！演奏着他的华尔兹。我不愿承认，但确实，我很享受这清晰的形式。每个音符都是大弧线的一部分，那样精致地组合在一起，让我第一次赞叹心灵走在乐器前面，满怀愉悦等待乐器追赶上来的众多可能性。我以前从没意识到那种机械性的愉悦感，和那种信任感。

你见过罗比查乌克斯吗？我从没见过。我不喜欢他代表的一切。他统治他的听众。他把他的情感融入旋律，他的听众必须追随的旋律。我感到愉悦是因为今晚我想要的东西只是一件用具。洗了个澡，洗了我的头发，想要同样清醒和开放的大脑。但我一刻也不认同这种音乐。你可能会，但这不是真实的。当我在列队演奏时，我们会沿着运河街往下走，每个十字路口的人都会听到我当时正在吹奏的片断。当我往运河街更远的地方走去时，音乐的片断随之消失。乐曲结束时，他们不在那里，罗比查乌克斯的大错。我希望他们能随心所欲地前来或离开。不知怎地，他们听到了乐曲的萌发，以及所有可能的结尾，无论那个时候，我吹奏到了哪里。就像你的收音机，无始无终。正确的乐曲结尾是一扇打开的门，你无法看清门外太远。这可能意味着跟你预想的正好相反。

一个电台突然中断。有个声音说了几次晚安，管弦乐队奏出的背景音乐再一次变成嗡嗡声，在你的卧室离我几码远的地方响着。

◇

我的父辈是那些把他们的身体横在带刺铁丝网上的人。为了我。避免我滑进地狱的疆域。他们通过自己的牺牲怂恿我进入这个游戏。他们向我展示他们的亲笔签名照，他们跟我讲述他们的女人的故事，他们跟我讲述这个国家大人物们的故事。我的父辈失败了。死在他们冲破这铁丝网之前。

他们是三个人。马特·凯里、巴德·史考特、哈皮·加洛韦。不知道他们教过我什么，因为真正的老师不会教你技巧。某种程度上，弦乐手教我的比凯里和他的小号教给我的更多。还有曼努埃尔·霍尔，他在临终前的几年与我母亲一起生活，他把他的小号藏在碗柜里，周围有人的时候决不碰它。那种感觉真好，当你听着加洛韦在其他人演奏时兴奋地弹奏，他的音符滑动着、呼啸着没入邻人的演奏。与周围铿锵的旋律无关。他的吉他比其他乐器更像人声。它吞没基调，让三四根弦同时进行，那正是我想要的。通常小号无法让你自由发挥，因为你要担任领奏，还必须吹奏乐曲的结尾。但加洛韦的吉他正好与小号相反，那是乐队本不需要的乐器，他却将它放在那里，充满敬意地，用它拂去那些奇怪的杂音。因此加洛韦教我的不是技巧，而是教我演奏能认得、能记得的声音的情感。每一个音符都是全新的、粗砾的、偶发的。永不重复。他的嘴还在动着，试图不出声地唱出来，但他从未成功，因为他的大脑已经无法控制他的手指。

与他对照，凯里的小号则是一个技师——它顺流而下，避开河底的污泥。他吹出一个个单独的、强有力的音符，将它们投掷进人群，他能够吹出他想吹的任何一个音符，而且总是吹出最纯净的音符。他是橙汁，他是练习曲，你明白的。他是国王四轮马车上的一个轮子。那就是技巧。

被引向两个相悖的方向，甚至在我们演奏的音乐中。在恐惧中，我们偏向最不像自己的那个方向。放弃你自己的性格，跌入痛苦。所以他们最后都死了，可能是为了我自杀的，可能是因为失去了用以演奏的嘴唇而导致的失败，天知道答案。从这个意义上说，我一直想要跨越他们，我一生都在努力避免成为他们。加洛韦穿着那得体的西服，在那些差劲乐队的音乐之下，起劲地弹——他在台上的弹奏那样格格不入，他在音乐中那样孤独，他没想说服任何人学习他的风格，被每一个见过他的人忘却。舞台下无趣的人。他说谎，让自己变得更乏味，以躲开人们。谁记得他？连我都遗忘他已久，直到现在才记起。直到你问这些问题。他溜回我的记忆，意外得像是一股味道。我所有的先辈不是死于醉酒就是失踪，但加洛韦一直吹奏到死，当他不再登台时，随即被别人取代。他在六十五岁那年吃早餐时中风去世，从此被忘记。当他从椅子摔下时，没有磕坏身体，连入殓师都没法给他做美容。

所以我想我匍匐着越过了他。

史考特把他的职业生涯葬送在了一个个神经兮兮的女人手上。

凯里很年轻的时候就失去了他那生猛的嘴唇，靠他之前赚的钱醉生梦死一辈子。他流连在各个酒吧听好音乐，过了一段好日子后死了。也是被与自身相悖的东西吸引，被他选择的、死也要听的疯狂音乐所吸引，他对新的实验风格咒骂不断，说它混乱无序，但又拒绝离开桌子，走到街上去听由他创作的爵士乐。一只在牧场上疯掉的狗。

这样说，他也是我的父亲，他死前来看望我和诺拉。他不喜欢我的音乐，诅咒我的音乐，但他在去世之前搬来跟我们一起住了一个月左右。他起得很早，试图趁我妻子起床了而我还赖在床上或在浴室的时候，对我怀孕的妻子动手动脚。我没有嫉妒，慢悠悠下楼，这可能还伤害了他。我们会为任何事起争执。甚至因为我拿小号的方式，在演奏的时候还大喊大叫。但他还是每晚过来听，大为光火，又欣喜若狂。然后有一天早上，在他与我长子一起住的那个房间，他在床上抖个不停，身体全都动不了，除了那宽大的肩膀。两只胳膊僵死。擦掉我眼里的汗水，擦掉我眼里的汗水，我要死了。随后他在颤抖中死去。我俯身看他大汗淋漓的尸体，一只耳朵凑到他嘴边，只想听听他的呼吸，他体内混乱的呼吸，但没了一丝气息。他张开的嘴呈一只陈年贝壳的形状。我慢慢转过头，亲了一下这柔软的老唇。然后我跨越连着他心脏的带刺铁丝网。

◇

我在你家南面几英里远的地方捡的那只黑狗，依偎在我的身边。一个多月了，没有一个女人像他今晚这样，离我的身体这么近。我起来倒了一杯酒，回去的时候发现他坐在还有我余温的沙发上。狗在你的沙发上，韦布。他脏透了，我明天会给他洗澡。大部分是灰，但肚皮下面有泥点——很可能是晚上在湿的草上弄到的。我敢说，他是一只流浪狗，尽管他立即就爬上沙发。他不习惯柔软的地方，晚上每隔几小时，他在椅子和沙发之间来回跑，最后发现地板才是理想的地方。我回到房间，他抬着头，希望我能开放我的领地。我靠在他身上取暖。弯下腰的时候才留意到，他的爪子都裂口了。

热气钻回湖里，空气中一片清爽。你能闻到海湾那头树木的味道。我注意到今晚那里有人搬了进去。一小盏灯光在黄昏中点亮，改变了树林边缘柔和的线条，让地平线消失不见。这打搅到了我，我必须承认，多日来我独自一人，让我觉得很舒服。世界上其他的一切，都在灯光后面的那间小木屋里。我认识的每一个人都住在那里，当灯亮起，就表示他们都在那里。以前，动物任何的声响都让我怀疑是不是有人来了。雨声听起来像轮胎压过碎石发出的声响。我会跑出来，我的心脏怒火中烧，只有冲进一场突如其来的暴雨才能将它浇灭。我会站在雨里全身战栗，一分钟我就被淋透。然后进屋，脱掉所有的衣服，蹲在火前面。

韦布今晚我不愿喋喋不休。这孤独。我真的想谈谈我的朋友们。诺拉和皮克特，还有我。络缤和杰林和我。我看见我们之间有一件非常可怕的东西。那就是情欲会纠缠不清，会选择其他一个人纠缠不清，就像那样。在一分钟之内我就知道诺拉爱我，然后从某一天起，不管我做什么，她的双眼都追随着皮克特的嘴，沉默着。我无能为力。皮克特只需站在那里，用花言巧语便可夺走她的心。然后是络缤和我——杰林站在那里，更聪明、更敏感、更深情、更痛苦，而这些对她不起作用。她突然转向我，像一只坏掉的罗盘，一直指着东边东边东边，对其他所有事都不管不顾。我知道，我正在伤害杰林，我跟她上过床，有时在杰林面前羞辱她，诸如此类。我们三人之间毫无秩序。我不再让自己控制我的音乐世界，因为我对自己身边发生的事、对我身体里边或身体周围发生的事，都无法掌控。我妻子爱的是皮克特，我想。我爱的是络缤·布鲁伊特，我想。我们都筋疲力尽。

◇

从我失去络缤的第一晚开始吧。

冰凉的脑袋和咳嗽把我弄醒了。在你的屋子来回踱步，烧热水、吃葡萄柚、喝罗利黑麦威士忌。那是四个星期前的第一晚。现在我已经饿得不想吃东西。在这个午夜，在这个挤满你的家具和我的咕哝声的地方，我又醉又饿。络缤不见了。她从我的心里溜走了。她走得无影无踪，像云一样。我起床时回想起络缤，勃起几次。每天早晨都如此。直到她的模样开始模糊，与诺拉和其他人的模样模糊成一团。

你想了解关于我的什么，韦布？我独自一人。我渴望我记得的每一个女人。这里的一切很清晰，但仍觉得我的脑袋已经走远，在一边看着我。我感觉我在房间的物体上方盘旋，在我记忆里的每一个人头上盘旋——像我母亲教堂里绘的那些圣徒一样，看起来总是离地面六七英寸。摆着凡人的姿势。早上，我用二十分钟将自己的胡子刮得干干净净。涂了一点乳液，做了一顿丰盛的早餐。今天唯一的一顿饭。于是早晨充沛的能量支撑我到晚上，开始喝酒，感到饥饿、沉重和疲倦。试图克服这可怕又愚蠢的清醒。

吃过早餐之后我练习吹号。练嘴练唇练呼吸。不断练习。音阶。练了数小时，直到我的嘴和胃发疼。但却没有我渴望演奏的音乐或旋律。练习的只是音符，你明白我是怎么干的吗？就像完善百码长跑的起跑技术，跑出三码停止，再重新起跑。音符就这样喷涌出。

到现在独自待了三星期，或四星期？自从你来贝壳沙滩找到我。回去，你说。还有所有的音乐。我再也不想过那样的生活。这是我苦苦追寻到的另一条路，尽管明知路上布满石头，但沿这条路可以走下去。我累积了太多无人可以谈论的理论。你说所有的自杀、所有隐秘的行为都是浪漫的，你可能说得没错。当我在凌晨四点四十五分坐在这里，天空开始浮现蓝色，它划破黑暗，从这房子一扇扇又长又宽的窗户穿过。一只早起的蚂蚁从桌上爬过……

三天前，克劳利来找我。我让你保证不说出我在哪儿的，但最后你还是让他来了。他开车来的，打断了我的思维，我花了好几天才把思绪找回来。他车里还载了一位女歌迷，他表演了一些他正在创作的音乐，而她没有说话，在角落里显得楚楚动人。没有他的音乐我能过下去，只要有她的身体就行。音乐非常不错，但我可以为他演奏结尾，它存在于我的记忆里。我想打一场架。他演奏的时候，我一直看着她，我想要她裙子里面的号角。我想要她穿着裙子坐在我的鸡鸡上，像一根绷带。我老朋友的姑娘。韦布，你让我想起了什么?

打开酒瓶，这一天过得舒服多了，到他们要走的时候，我们三个人都醉得昏昏沉沉。在他们准备走的时候，我靠在驾驶座的窗户边道歉，解释我想做的事。当我从床上爬起来时，那空荡荡的房间；把吹嘴放进嘴里，吹出正确的音符，与屋里的气氛合拍；那就是你所做的。把所有这些都塞进汽车，好像我们只有一分钟时间可活，好像那一整天我们不是满嘴废话。

你学着用那种方式演奏，没有乐队会跟你合作，他说。

我知道。我想认真地谈一谈，但我醉了，让谈话很难顺利进行。

站在鹅卵石铺成的车道上，冲他的车里大喊。身上流出的汗实际上是冒出我身体的酒精。我说我不想成为那零头，成为别人的垫背。这样克劳利明白了，点点头。我跟他打听诺拉，他告诉我她现在跟康沃尔住在一起。我想起她的时候，总是把她想成悲伤的诺拉，想起我的孩子们，想起所有这种我忘了爆发的柔软隐秘的情感。没有我在身边，孩子们过得还行，而我却坐在这里，发着酒汗，尽想着满是石头的小路。现在，丢失他们的爱令我惊恐。我绕到汽车另一边，把头伸进车里亲吻克劳利的姑娘，那个我甚至不记得她名字的姑娘。我的舌头伸进她冰凉的嘴里，她冰凉的嘴打着转的回应让我勃起了，顶到车门上。我又走到汽车另一边，看着克劳利，谢谢他带来的酒。后面两天他会想起我的。

满是酒味的汗流到这些纸上。我累了，韦布。我低下头，靠在桌上的小册子上休息。我不想起来。当我抬起头，纸就会被弄湿，墨水会散开。湖和天空会变成浅蓝。甚至没有一片她的云彩。

第三部

采访者：再谈谈巴迪·博尔登——

约翰·约瑟夫：啊，好。

采访者：他疯了，我听说的。

约翰·约瑟夫：他疯了，是的，他死在疯人院里。

采访者：是，我听到的是这样。

约翰·约瑟夫：没错，他死在了那儿。

◇

再次上路。回到噩梦之家。

棕色的土地。我的头摩擦着巴士冰冷的玻璃。过去我怀着对音乐的热情四处闯荡，现在我又踏上漫长的归途。

> 来吧。我们必须谈得更深入些，不带偏见，不带嘲讽。

我的一生就像是巴士车上的一件行李。我是著名的嫖客。我是著名的理发匠。我是著名的短号手。看着这一个个标签。标签们正在赶回家。

◇

查理·达布莱叶斯铜管乐队

钻石铜管乐队

老科伦比斯铜管乐队

弗兰克·韦尔奇铜管乐队

老埃克塞尔西奥铜管乐队

阿尔及尔和太平洋铜管乐队

孩子艾伦的父亲铜管乐队

乔治·麦库伦的铜管乐队

还有许多无名的街头乐队

……据邦·约翰逊回忆。

◇

就是这样。他在公开的行进演奏的时候发了疯，从此销声匿迹。

这是一九〇七年四月，在他回来后，在他与妻子和康沃尔住在一起后，他说，是的，他还会登台演出。他碰到了亨利·艾伦，跟他说自己会加入他的乐队参加这个周末的行进演奏。老亨利·艾伦的铜管乐队。

中午，音乐从马莱街北面的两个街区响起。亨利·艾伦的乐队所有成员，包括博尔登，现在一起转向伊贝维尔街向南前行。大约走了半英里后，他的号声游离了乐队，尽管整个行进演奏期间队伍仍在一起，但现在博尔登变得不可理喻，权势盖天，是乐队里的八号球。最后，他在利伯蒂街与伊贝维尔街交界处发疯般地转个不停。

那天上午十一点，听说博尔登要演出的人们已经到了，观众从维利耶街一直排到富兰克林街。带着午饭、锡水壶和孩子。一些乐队取消演出安排，一些乐队从六十英里开外的其他镇上赶回来。他们所知道的，就是博尔登已经回来，而且看起来还不错。在行进演奏前的四天里，他就待在城里。

他是在周二晚上乘巴士从韦布住处回来的。一只小包里装着他的短号和几件衣物。他没有钱，于是他步行走过二十五条街，到达弗斯特街二五二七号，他上次住的地方。他敲敲门，开门的是康沃尔。愣住了。康沃尔两个月前才搬来跟博尔登的妻子同住。差点昏厥。巴迪用双臂环住康沃尔的腰，拥抱他，然后从他身边走过，走进客厅，筋疲力竭地倒在椅子里。他走得太累了，而且精神紧张，担心碰到熟人。在湖边住过之后，觉得这个城市太热。他坐下，任由包从他的手上滑落。

诺拉在哪儿？

她买吃的去了。很快就回来。

好。

天啊，巴迪。快两年了，我们都以为——

不，没事，威利，我不介意。

他坐在那里，眼睛没有看康沃尔，只盯着天花板。他双手伸直，双肘靠在椅子扶手上。长时间的沉默。康沃尔想，这是我和他在一起不说话时间最长的一次。你从没见过博尔登思考的样子，很多人都这么说。他靠动作思考。他总是说个不停，哼个小曲儿，好像他的脑子是一只鱼缸。

我去找她。

去吧威利。

他坐在门口的台阶上等着诺拉。当诺拉朝他走来的时候，他让她坐到他身边。

我没时间，威利，我们进屋。

他把她拖到身边，一只手臂环抱着她，这样他就能紧紧挨着她。

听着，他回来了。巴迪回来了。

她整个身体都软了下来。

他现在在哪里？

屋里。在他的椅子上。

别这样，我们进去。

你想一个人进去吗？

不，我们进去，我们两人，威利。

她从来不是一个影子。在他们结婚之前，当她还在卢拉·怀特妓院工作时，她就已经很有名了。她玩过博尔登的那些把戏，知道他性能力很强。当他们两人单独在一起时，房间的空间依然不够用。她一度为他着迷。她多次打断他的争辩，时常理顺他制造的混乱。她现在和威利手拉着手走了进去。她看到他坐着，头后仰，但当门打开时，他瞥了一眼门口。博尔登根本没有动，她的胳肢窝里夹着食品袋，也一动不动。

◇

他们三人开始平静而冗长的谈话。他们的谈话形式是：一对夫妇之间加入了一个既是分析师又是听众的第三方。她躺在地板上，巴迪看着她肥硕的臀部，那座布山，他一声不响地钻进她的衣内，像一个窃贼，那是他们多年前形成的家庭习惯，现在这么做有点儿奇怪但又并不过分。他坐在她身边，解开层层衣服上的扣子，看看她乌金色的身体。他弯下腰，嗅她皮肤上的味道，他的脸透过肌肉触碰埋藏在她胸膛下的骨头。他的脸贴在她小小的乳房上来回蹭着。她还穿着裙子，她上衣还没有脱掉，但已经半开，他粗糙的脸颊磨着她的皮肤。他没有贴上她的脸，那张他早些时候已在房间一头打量许久的脸。那时康沃尔还在那里。

他们躺在那里，没有说话。他的嘴在她的胸口、双臂、腋窝和腹部游走，好像在用他的嘴在她身上布雷。然后他斜坐起来，看着自己用唾沫舔得闪闪发光的身体。他们一起套上她的裙子，重新扣好纽扣，于是她又穿戴整齐。他们没有再进一步，因为需要被保护的是友谊，那是他们两人都需要的友谊。钻石必须热爱它所经过的泥土，他人历史上的每一处瑕疵每一个侧面，因为钻石原本也是泥土。

◇

于是，康沃尔跟她生活在一起。威利，那个想独自生活的人，却变成为所有人排忧解难的医生。贴心的威廉。虽然在伸缩长号上并无野心，却是乐队唯一一个识谱的人，他给我们带来从北方传来的新音乐，我们肆意将它们改编成自己的风格，乐此不疲。威利，一生都像栅栏一样正直，他的美德无人可比。从我回家后，我看着他和诺拉待在房间里。他们周遭好像没有空气，因此我把他们看得一清二楚。对我来说，他们不再生活的图景中，他们不在他们走过的街道上，椅子在他们身下消失。他们完整、实在、永恒。我以前见过的瞬息万变不复存在，现在看见的是两个像雕塑般不变的人格。透过我的一维眼睛。我把另一只眼睛丢在了另一个家里，它跟着络缤飞进她的云彩里。于是我看着威利和诺拉现在的样子，他们会永远这样，我渴望像他们一样平静，我的理智把我系在这椅子上束缚在这躯体里，在爱与怒火里煎熬，变成除了靠自己便无法再运转的电动机。

我曾想变成一个水库，机器和人醉倒在里面，血液、精液、音乐喷涌而出，久久回荡在某人的耳畔。花静静不动，滋养蜜蜂的方式。我们也是用这种方式，在别人身上获得给养，在芒福德、李维斯、约翰逊和我加入康沃尔组成乐队、并让他大光其火之前，音乐什么都不是。因为我们不等他演奏完，即便只是一曲，就把音乐变成了我们的演奏风格。每次用同样的方式演奏同样旋律的康沃尔是支撑我们的骨骼，是我们的跳板，是我们的牺牲品，他被留在了原地，因此留下当那被忽略的节拍器。

所以，因为威利是我回来后看到的第一个人，我假装对他视而不见，那双诺拉希望我能生就的双眼。所以，每个人都说我变了。飘在太空当中。他们希望一切还是老样子。没意识到四周悬在空中的吊钩。要是几年前，我会坐下来，仔细想个究竟搬来跟她一起住的为什么是康沃尔，她接受的为什么是康沃尔。当我将它转换成铅字时，我可能会想到个中原因。《蟋蟀》。但我将那些揣测统统抛诸脑后。

竟然有这种体会。我翻四期《蟋蟀》度过这个下午。诺拉把每期杂志放在卧室的衣柜里，现在她出去了，孩子们在我身边，害怕靠我太近打扰我（可能是诺拉交代的——为什么她不再恨我？为什么人们那么轻易就忘掉恨？）我翻阅从一九〇二年起四个月间的杂志。九月、十月、十一月、十二月。没有关于任何地方天气变化的报道，全是妇女儿童被转手过程的详细描述，就像硬币在市面上流通，就像你一口我一口在屋里传递一支香烟。在所有那些买卖身体的竞赛当中，儿童像家具一样，成了背景。

我把杂志都读完。陷入对过去的回忆。我操心过的每一个错综复杂的细节。多少性事，多少金钱，多少痛苦，多少汗水，多少幸福。河船上的行乐之事，白人嫖客把妓女扔下船，她们带着他们的精液游回岸边，狗一样的欢爱，遇到诺拉，结婚，争着找情人让对方吃惊。《蟋蟀》也是我的日记，是所有人的日记。在为社会团体表演完之后，乐手们就去找女人，正统的瓜德利尔舞曲①唾手可得的魅力。现在，那四个月里的所有名字，如波涛一样涌进窗户。因此，我猜那就是我留下的疯狂劲儿。当我们被比我们高大的人们注视时，我们就是蟋蟀的噪声、蟋蟀的音乐。

后来，韦布来了，把我从另一个深渊拽出来，我不着一物。我闪光，我锋利，我因为缺乏光照而冰冷。我变成了我嘴上的短号吹嘴。

---

① 瓜德利尔舞，一种在18世纪末和19世纪的欧洲及其殖民地流行的舞蹈，由四对舞伴组成长方形的矩阵进行演出。20世纪，仍能在民间的舞蹈俱乐部中看到这种舞蹈。

第二日

第二天吃早餐的时候，康沃尔还没有回来，于是巴迪走路送孩子上学。路上他一声不吭，听着孩子们七嘴八舌地说话。没过多久，无论他孩子们有多少朋友，全都加入了他们的步行队列。现在他们开始谈起天来，尽管他们聊天时偶尔会问到他，但习俗和社会地位不允许他成为他们的一员。这群人蹦蹦跳跳，打闹着朝河堤走去。他双手揣在兜里，走在他们旁边，他两个孩子顺从地跟在他身边。

嗨，杰斯——这是我老爸。

哦是吗？你好。

当他们快到河堤的时候，他连着说了三个既复杂又下流的笑话，引起了大家的注意。还有他几年前听过的谜语。他挖空心思从脑子里回想更多笑话，他知道它们会大受欢迎。他们到学校后，那些笑话会像狂犬病一样蔓延。

斯坦利，你在递什么纸条——交上来。

是一个问题，老师。

交上来。

他默默地将那个纸条交给她，蹑手蹑脚回到他的座位上。

这是什么……“区另”是什么，是“区别”拼错了，斯坦利，祈祷的修女与洗澡的姑娘区别是什么？……那个，斯坦利，站起来，区别是什么？

还是别说吧，老师。

别这样，说吧，你知道我喜欢谜语。

你确定吗，老师。

当然。只要是巧妙的谜语。

它很考脑子的，老师，查尔斯的老爸讲的。

那快说。

好吧。一个是希望在心中，一个是肥皂在……

斯坦利!!!!!!

在他们要到学校的时候，博尔登成了英雄。他在搜刮尽脑子里的俏皮话和轶事。了解到他们的老师都是谁之后，他便回想起关于这些老师的流言。他教给他们很多种把老师赶出教室的招数，还有很多种假装发高烧逃学的办法。到达学校时，孩子们纷纷从他身边跑开奔进校园，争着成为第一个传播那些新的笑话的人。他用手抓抓儿子的头发，亲亲女儿，转身往回走。他避开了走运河街上那些他熟悉的路段。最后他抄道进入唐人街，打听皮克特。没有人知道他，一个人也没有。

那家伙脸上有几道疤，在右脸上。

有人让他去找蝇王。

◇

他在上街行进演奏前四天回到家。第一天傍晚跟诺拉和威利·康沃尔在一起。第一个晚上跟诺拉一起过。第二天早上跟孩子们在一起，临近中午（可能）跟皮克特在一起。皮克特应该不难找。有那么一阵子他是一个有权有势的人。他的家在威尔逊街上。然而唐人街是一个杂乱的迷宫。

但贝洛克曾在那儿拍过鸦片馆，每一个场景中都满是架子床，那些床是从废弃的火车卧铺车厢里拆下来的，他的照片上充斥着灰暗的光线，一定是上了漆家具反射的黄光。黄色的安静的茧。外面的街道错综复杂，像手上的静脉。在巴辛街和兰帕特街之间、杜兰街和运河街之间有两个广场，贝洛克在那里转来转去，却从不迷路，拍着照片。

所以博尔登很可能以前去过那里，跟贝洛克一起去的。

第二夜

独自前行。我穿过唐人街，走到北面的格拉夫街，然后回到运河街，来到克莱尔本街附近。沿河而行。薄雾笼罩在河堤上，像一艘航行着的船只。其他走着的行人，消失在白茫茫的雾气之中。垫子妓女离开她们平日聚集的窝点，怕被雾遮没了生意。她们走来走去，像哨兵一样走个不停，以炫耀她们没断的脚踝。脚踝断了的妓女就一直站着，以掩饰她们的残疾。二十五美分一次。今晚的薄雾帮到了她们。一般这个时候，皮条客已经拿着棍子出来，四处搜寻垫子妓女。抓到她们就弄断她们的脚踝。她们在斯特利维尔有过好日子，而当她们患了梅毒，就成了那个世界的残羹冷炙，再也混不下去。于是她们偷出自己的垫子，用一根绳子捆住背在背上。她们看见拿着棍子的皮条客便飞快逃跑。没有皮条客的时候，她们就会放下垫子，在没有光线的人行道上接客，胖子、穷人、虐待狂，常常在她们身上发泄一通。这么做并不是因为那种疾病让她们的阴户从里面烂到外面，而是只要二十五美分到手，嫖客怎么做她们都不介意。

把所有的富人和健康的人都当作危险，于是她们的生活变得很简单。当她们碰到他们时，她们不由自主地逃开。这是那些跑得动的妓女。另一些跑不动的妓女，就丢下她们垫子躺在上面，撩起裙子，张开穿着袜子的双腿。这些妓女不在乎追来的是什么人。如果追来的是一个皮条客，他会检查她的脚是否肿了，这样她就没法逃回斯特利维尔。这些脚踝断了的女人已经破罐子破摔，她们把进入体内的鸡鸡当作挠痒痒。这些妓女被称作“吉卜赛脚”。那些没被抓住的身患梅毒的妓女，像含羞的姑娘，躲进岩石之间，以及河的浅滩处。穿着做工精良的皮鞋的皮条客不会追去那些地方去。但那些瘸腿的妓女，会将她们肿大的脚伸到你面前，以免再挨棍子。她们的脚肿得很大，就算痊愈，走起路来也一瘸一拐。吉卜赛脚，吉卜赛脚。

对她们来说，今夜真是良宵。她们立在薄雾边缘，像一个个灰天使一般，在听到一阵急促密集的脚步声后，她们退后，没入薄雾。比如我的脚步声。天呐，甚至是我的脚步声，一个脑子并不比她们悲惨的身体好多少的我。多么可悲，她们承受不了为悲惨的遭遇自怜，她们感受到的只有恐惧。我的大脑萎缩了，浸泡在我避之不及的音乐里，像牛奶越过界限变成奶酪。每天早上做的事只有手淫，拒绝演奏。这些吉卜赛脚想拿你取乐，但被你各式各样的棍子和你繁复的法律赶回水边。贝洛克给我看过他很久以前拍的照片，他哭着把照片烧成灰烬。大腿肿胀的、毛发全掉的、眼皮僵硬的死尸，还有屁股撕裂露出白骨的。一阵罗音[①]。亲爱的小不点，死鬼贝洛克。今晚我的脑袋后面绑着一块垫子。

就连看到我，她们都会躲进雾里。她们远远地躲开我，看着我经过，双手揣在上衣兜里御寒。她们的身体是被谋杀的，我的大脑则是自杀的。休眠的脑球发疯了。我们躲避的身体中的那个胎儿，那个事业，像一口棺材一样被冲进厕所，冲进海港。这座城市的缩影。最终，撞上一条条正在出海的小船。走在吉卜赛脚妓女排泄的一小堆粪便上，她们可吃的东西不多，只有她们乞讨得来的食物或从河堤上摘的半熟的野果子。兜里装着补充能量的盐。她们的求生之路上再无恐惧。

① 呼吸道内伴随呼吸出现的异常声音。

第三日与第三夜

回到家里，他的脸还在笑那些笑话。像以前一样不愿渲染那些故事。那些原来认识他的人注意到了这点。

那些听说过他的年轻人围着他，他们希望他复出，但他轻松地将话题扯回他们和他们的生活上。可能他们是最终的催化剂。也许。实际上，他们渐渐听说他回来了，他们把几瓶罗利黑麦威士忌放到他的门阶上，博尔登只是笑着把酒拿到厨房给诺拉，却没有碰瓶盖。现在，他不喝酒，也不想喝酒。他只是坐在厨房里，有一搭没一搭地跟诺拉说着话，看她做饭，好像她是他从儿时起就再没相见的妹妹。他睡得很多。

第三天，老朋友们到家里来了。开始他们还有些拘谨，不一会儿就拉开了话匣子。他们让他大饱耳福，讲了他原来喜欢听的那类故事，那些他现在已能猜到情节的故事。他坐在屋后，只有他的脸笑着那些笑话。那就像走出了沙漠走进了儿童乐园。没有人提到皮克特，直到他问起。大家陷入沉默，博尔登头一次大声笑了出来。屋里的每一个人都看着巴迪，等着看他脸上出现表情变化，即使是一丝抽搐。

不，这些客人并没过多打扰他。他喜欢想象着皮克特捂着他的疤沿路往下跑，像一只垂死的狗。他还记得皮带的钩子打到镜子上，他们俩看着镜子掉落，像切碎的纸片落入水槽。不，这让诺拉感到痛苦，屋里的人都看着他。巴迪的思绪掠过他们。她看到他在那里，看到他的思绪甚至不在屋里，他脸上唯一真实的肌肉运动是某个故事讲完时，他向她眨眼，她看得出来他已经准备好那可恶的露齿而笑。她想抓起他们每一个人，从屋里丢出去。破坏了他的平静。巴迪知道他欠她、没有给她的是什么。

那晚威利·康沃尔又出去了。巴迪外出散步，十点的时候到家。他想睡觉时已是午夜过后。一个孩子哭了，他不假思索走进他们的卧室，躺在床沿上，一只手臂环着那个孩子。他过去就是这样哄孩子的。小查尔斯可能太大了，不想再被搂着。他在睡梦中哭了起来，但并没有醒，只是身体紧紧贴着他的爸爸。康沃尔会这样做吗？

他睡着了，手指摸着儿子衬衫下面的脊梁骨。约一小时后，他醒来，意识到自己在孩子的卧室。他脱去外套，穿着诺拉找给他的旧法兰绒衬衫睡下。然后他听到诺拉在身边叫着“巴迪”，只见她坐在伯娜丁的床上，身体前倾。他起身朝她走去。

你还好吗？

她轻轻摇了摇头。

威利不在吗？

不在。他今晚不回来，巴迪。

一定很晚了。

一点半吧。我不知道。

他伸出手，伸向她耳朵边的脸颊。

说会儿话吧，巴迪。

他把她从床边扶起来，和她一起走进客厅，他晒得通红的手臂松松地搂着她的肩。

她坐在沙发上，他坐在椅子上。她抱起膝盖，下巴支在膝盖上。她的目光落在两人之间的地板上。

我还爱你，巴迪……抱歉。不像以前那种爱，因为我不再懂你，但我在乎你，爱你，但不是像对丈夫的那种爱。这我真是抱歉……我觉得更对不起威廉。天呐你穿着那件红衬衫看起来真棒，你看起来真英俊，不是吗？真是让人发疯，那是我能想到的一切……你看起来像我弄丢的一件心爱的衬衫。

他们开始咯咯笑起来，一会儿他们就冲着彼此大笑起来。

别笑了，博尔登。她屏住呼吸忍住笑，我们应该好好谈一谈。

他的嘴贴着他妻子的左耳。感觉到妻子的两只手在他们两人的身体之间，正在解开裙子前面的扣子。他自己的两只手在等着，然后伸入他妻子敞开的裙子之中，他把手伸到后面抚摸她的背，又滑到前面捂住他妻子的胸。他的手指认得这两个乳头，认得阑尾手术留下的疤。他躺下来把头靠在她的大腿上。抬头看着她。他妻子如同家一般的嘴覆盖下来。

◇

跟贝洛克一起走在街上。

带他步行前往，把他介绍给那些妓女。但我拍照的时候不想你在那儿。好的，好的。因为如果你不同意我们就回家得了。头一次，他对博尔登的在场感到害怕。他扛着照相机，蹒跚地走在巴迪身边。你确定吗？我只是不想你在周围瞎逛，你只要介绍我认识一下，说明我的来意就可以了。我知道，贝洛克，我知道。行吧。嘿你知道我的意思。

他拉着贝洛克爬上楼梯，照相机像弓一样斜挎在贝洛克的背上。他见到他朋友经常带着它，因此无论什么时候，他一想到贝洛克，他的身影里就有照相机和三脚架。它是他骨架的一部分。他背上长出的一只金属动物。他拉着贝洛克爬上台阶，穿过一扇扇门。你必须得爬上去，兄弟。已经筋疲力尽的贝洛克开始跟博尔登一起爬台阶。兄弟，多漂亮的墙纸，当他沿着铺着地毯的通道爬上去的时候，他咯咯地笑着，这条通道会将他带往肉体的天堂。他举起他空出来的一只手，摸了一下那面嵌有蓝色花纹的墙纸。他看见楼梯的墙上孤零零挂着一张姑娘的照片，四周再也没有其他照片。也许该挂张一盘食物的照片。墙纸会变成浅灰色。登上一级，然后又是一级，他的两条腿开始疼了起来。这不是开玩笑的，是吗，兄弟？不是玩笑。再上一级，我们就到了。

我先进去跟她说一下。她？我以为我会见到她们所有人。是的，是的，但我只是想先去跟诺拉讲一下，好吧。

他把贝洛克留在外面，坐在最高的台阶上休息。贝洛克小心地从背上摘下照相机。听着，我带了这位朋友来，他想给姑娘拍一些照片。价格跟做一次一样，你懂的，巴迪。好的，但我想先跟你说说他的情况。你能不能把其他姑娘叫进来，我不想再说一遍。他不确定该怎样解释这事。他甚至不确定贝洛克想干什么。听着，这个人是一位船舶摄影师——爆发出一阵笑声——拍照只是个人爱好，没有商业目的，他想拍些姑娘的照片。我不知道他让你们摆什么造型给他拍，他只是想给姑娘拍照片。没有商业目的，好吧。他不奇怪，也没有怪癖，是吗？是的，他只是有点儿驼背，腿脚有些不便利。没人想给他拍。求你们了，你看我跟他保证过，听我说，我甚至跟他说这次不要钱，这是还他一个人情，你看，我欠他几次人情。你会在旁边吗，查理？不，我不会，他不想我在旁边。两个姑娘离开房间，说要回去睡觉。听着，他有一份体面的工作，他真的是拍船和船用设备的，拍宣传册的照片。他人非常好，他不是警察，一瞬间他突然想到，她们可能害怕警察。他是一个好人。没人想让贝洛克拍照，更多的姑娘离开了。我任何时候都可以免费跟你做一次，查理，但这次不行。然后她们都走了，诺拉耸耸肩，穿过房间。现在是早晨了，查理，她们昨晚都在安德森做到很晚。我所能做的，就是把她们叫过来。她们看见你们两个过来的。他看起来像被压扁了，或者被马踩过。

听我说，诺拉，看在我的面上你一定得答应这件事。让他给你拍点照片。就一次，让其他姑娘知道给他拍不会出岔子，我向你保证没事的。她已经走进小厨房，正在找火柴点燃煤气炉。他走过去，从兜里掏出一盒火柴，点燃一圈嗞嗞作响的火苗，直到它突然爆发出蓝色的火苗，一些看不见的东西形成了一种形式。他让她装满一壶水放在灶上。然后他靠在她的背上，脸凑到她的肩上。他的鼻子抵住她裙子的肩带。跟我出去到门厅见见他。给他拿点茶。他不会伤害别人。他微微抬起头，全神贯注地看着蓝色的火焰舔着热水壶。他泄气了。他不能强迫其他人，他不知道她们的需求。他喜欢她们，想要她们快乐，愿意做些什么让她们开心，愿意听她们讲自己的难处，但他再也不会这样做了。他不知道像贝洛克这种人怎么想的。他不知道该怎么把对贝洛克零星的了解整合起来。他羞于问贝洛克为什么他想拍这些照片，或者他想拍成什么样的照片。在巴辛北街上的三层楼上，他正依偎着这个女人。那是他所知道的一切。他的身体紧贴着另一个身体，他的意识一片空白。

他怎么让你着迷了？没什么。他让自己的身体与她的分开，拿起一把刀，敲敲厨房那扇小窗，看向外面。外面很冷，河面上笼罩着水汽。他去找贝洛克的时候，想让他穿一件外套，但走得太急给忘了，贝洛克冻坏了，因此走得很快。他将手掌抵住玻璃，掌纹印在了玻璃上。他将它擦掉。他转身，飞快地从她身边走过，走向门厅。当他打开门时，她立即说，好。他回头看到她靠在厨房门口，手里拿着一个杯子。然后他打开通往楼梯的门。

他飞也似地跑下楼梯，几乎要大叫出来，还没等他下完两段楼梯，便看到大厅里有个身影靠在墙纸上，抬头看着他——脸色发白，神情局促。他一定听到她们在上面大笑了，一定在那里坐了十分钟，又用了至少五分钟走下去。

不管答不答应，不管怎样，我再也不会爬这些楼梯了。

那我把你背上去。就这么定了。他边往下跑边叫着。

他奶奶的他妈的，那些讲话的人真是垃圾，你知道。

我知道。但无所谓。诺拉会让你拍。他站在第一级台阶上看着贝洛克，看着贝洛克满是汗水的脸。没事，她说她会给你拍，懂了么？她会配合你摆姿势的。

我听见她们的话了，巴迪，我听见她们的话了。

她们不懂，兄弟，过去了。消消气。消消气。

然后他背起他朋友单薄的身体，背着他爬了三段台阶。他走得很慢，因为他不想弄坏相机，也不想弄坏他背着的那具轻飘飘身体里那把小骨头。尽管如此，当他在楼梯最高一级台阶放下贝洛克时，他还是筋疲力竭，累得全身发抖。

她没跟他说起过贝洛克的事。直到这最后一晚才说起。他跟她问起贝洛克，她把韦布的话转述给他，说贝洛克死了。死于一场大火。她说这话是在她发现他穿着红衬衫与孩子们睡在一起后大约一小时。

我只为你才让他拍照的，你知道为什么吗？

不知道。为什么？

因为你不知道说什么，你不知道怎样说服我。

她嘲讽他。

汤姆·皮克特不消一分钟就能让任何人按你要求的做。

少废话。

最后一句话流经他的脑海，他想起贝洛克，那天早晨他几近崩溃，匆匆忙忙往前门跑，而其他人则站在窗户边围观。

你不为他感到难过吗？

我恨他，巴迪。

但为什么？他没伤害过别人。他只是个孤单的人。你知道么，他甚至跟他的照片讲话，他是那样孤独。你为什么恨他？你甚至从没见过他拍的照片，美极了。照片很温柔。你为什么恨他？

她转过脸，面对着他。

看看你。看看他对你做了什么。看看你这样子。看看你这样子。该死的。看看你这样子。

◇

第二天早上他的女儿说，我做了一个可怕的梦。妈妈用洋葱、头发、橘子皮做成食物给我们吃，我们不爱吃，她说吃掉它，那对你们有好处。

行进演奏（第五日早上）

她沿着伊贝维尔大街往下走，马莱街上人潮汹涌，于是她自如地穿过人群，以和我们相同的速度，走在我们与人群之间。我崭新的红色汗衫和白得发亮的新衬衫在短号下显得很耀眼。新鞋。回到镇上。

有人警告她，有人抱住她，有人对她吆喝，有人用肩把她挤入人群。喧嚣震天。在马莱街和利伯蒂街之间，我每隔十五秒左右才吹一段，亨利·艾伦担心我使眼色给我让我把那首歌往下吹。时不时地，我吹出的音符像一只飞着排泄的鸟儿，拖得又响又长。喧嚣震天。在伊贝维尔街交叉行进时，我像一只西班牙猎犬，耀武扬威走在乐队前面，当我每次靠近人群——喧嚣震天。唯我的行进、阔步舞、高傲的姿态，我记得的每一种他妈的舞步及走步，逐渐把全场的气氛鼓动起来，准备应和那尖锐的旋律，那旋律响在艾伦那柔软的进行曲下，尖如老鼠嘴里发出来的音调。

但这个婊子是从哪里来的，我不知道。她又走出人群走到我们中间来，跟我们走在一起，秀色撩人。她单薄的身躯，长长的头发，一个半谢顶的人跟另一个舞跳得极好的人加入了她。于是我的目光离开人群，盯着他们，牵着他们跟着我走，我的耳后喧嚣震天。我透过短号上跳跃的阳光注视着他们，直到他们明白发生了什么事。我加快亨利·艾伦的节拍，直到大多数乐手都跟不上，只得落在后面。现在旋律更频了，每五秒就来一次。在这条酷热难耐的街上，眼睛逐渐变得黑暗。得在音乐结束之前到达那里，但就要结束了就要结束了，快到利伯蒂了。她和他坚持不懈，就像风暴中的野草撞击着彼此。粗粝的节拍冲天，头发扫过他的脸，又旋回打在她的头上。她是络缤，她是诺拉，她是克劳利带来的那个姑娘的舌头。

曲子正在慢下来，快要结束了，当它缓慢地滑向一个重音时，我的短号声跃起，吹出一段悲号的长音，急速地将这粗粝响亮的旋律与进行曲的结尾衔接上，形成一个新的节奏。我闭上眼睛时，我必须相信他们所有人，知道他们都会保持沉默。我把音符抛向人墙，那钢铁般的曲调那么纯净，肯定已经将我的咆哮带到了地面，并让阳光进入。现在，那个姑娘只身一人，以她孤独疲惫的舞蹈，如镜子般映出我的喉部。街道上一片寂静，除了我们。当我在利伯蒂街与伊贝维尔街交界的路口转了一圈又一圈时，我能听到她疲惫的呼吸，因为她就在我身边。接着，一片寂静。由于有东西落入我体内，我听不见自己的演奏了。现在，音符出现得更频繁。她用自己的身体敲击每一个音符，甚至在我将音符吹出以前。因此，通过她的舞姿我知道自己在做什么。天呐，这就是一直以来我想要为之演奏的人，即便无人在旁，我也一直猜想着某处会存在这样的东西，某处会存在这样一面镜子。现在，她离我更近，她的目光笼罩着我，带着坚韧，带着青春，天知道她从哪里来。以前从未见过她，她却在考验我，嘲笑我对她的非分之想。老英雄，老自我，考验着像他自己一样冷漠、纯净的男人。这个高个儿婊子的一对乳房在她一身轻薄衬衫下跃动，她的衬衫已经被精力和我浸湿。我的号角直冲喉咙，钉住这对乳房。累得半死，再也吹不动了，很难再吹出粗粝的号声。我的身体轻拂着那对乳房，好像我是那个舞跳得极好的人，直到音乐结束。*响声震天*。现在我的号声回来了，因此我只能偶尔在欢腾的人声中听到。天呐，空气里热浪翻滚，她正转着圈，瘦弱的双手蛇一般穿过她的头发，她的双手在舞蹈。加上高举的双手她足有七英尺。我把号声对准那双手，让它们放下来，放到我身体上，音乐被她秀发俘获。这就是我想要的，一直想要的。在演出的时候隐私尽失，意识离开了舞台，离开了街上乐队的长方形矩阵。这位听者能按她的意愿以某种速度将我扔向某个方向，像一个愤怒的影子。我的喉咙中似乎有小绒毛，发出哼哼的声响，那坏掉的喉咙在滚动，于是我们开始放慢速度。筋疲力尽。她的目光仍旧笼罩着我，看着音乐变慢，因为我而允许音乐慢下来。她的两只乳房在汗湿的薄衬衫下映出黑色的轮廓。我内心的声音和痛苦确实像死亡来临一般。我把全身的力气都往喉咙上使，我再次加速，她也再次疲惫地加速。汗水形成一条小河，淌到她的腰间。她的头和头发向后朝我弯曲，我所有的情欲紧缩坚硬。阴茎上像有可卡因，一直坚挺。我的心在我的喉咙里演奏，从缓慢纯净的音调变成希米舞①的胜利，发丝飞扬的胜利，本地那种大摇大摆的舞步。我的眼睛一直盯着从她下巴流下的汗水，盯着她那在最终吹奏的痛苦中张开的双臂，吹出最后一声悠长粗粝的号声，这号声咳嗽着爬行着像标枪一样刺向她，刺向所有观众。这号声像一根标枪刺过大脑，刺进胃里，能感觉到血真的在向上涌，在这皮囊里注入新鲜的能量，血涌上来，疯狂地穿行过我的心脏，它正穿过我的牙齿，钻进了我的短号。天呐，停不下来，天呐，停不下来，它停不下来。那空气，那红色的力量直涌上来，没法让它们从我嘴里出去，没法呼

① 希米舞，一种摇肩摆臂的散拍乐爵士舞。

吸，从这么深的地方喷到这么高。天呐，我止不住它。音乐还在喷涌，那是一种我从未吹奏过的刺耳之音。看看它，听听它，听听它，看不见，**我看不见**。空气穿过鲜血飘向那个姑娘，红色在袭击着那些看不见的点，我可以感觉到其他人在打转，人群鸦雀无声，看不见。

在他要倒下时，威利·康沃尔扶住他，抱住他，看见白色衬衫上浸出的红色，心想是衬衫撕破了露出了红色的汗衫。然后他想拿起短号，当他最终从他咬得很紧的嘴里取出那金属乐器的时候，看到血从中流了出来。

我曾想得到的。

查尔斯·“巴迪”·博尔登

生于一八七六年？浸礼会教徒。名字不是法国名也不是西班牙名。

他从未有过合法婚姻。

诺拉·贝思有一个女儿，伯娜丁，跟博尔登生的。

哈蒂————有一个儿子，小查尔斯·博尔登，诺拉跟他生的。

哈蒂住得离路易斯·琼斯很近。（琼斯生于一八七二年九月十二日，是博尔登的密友）。

曼努埃尔·霍尔跟博尔登的妈妈住在一起，教他吹短号。霍尔根据乐谱演奏。

其他老师可能还有哈皮·加洛韦，巴德·史考特，还有马特·凯里。

他母亲住在菲利普街二三二八号。

博尔登在约瑟夫修面馆工作。

他在帕迪多街和兰帕特街拐角的共济会舞厅演出过，圣彼德街和克劳德街交界处的环球舞厅，还有杰克逊舞厅演出。

一九〇七年四月，博尔登（三十一岁）疯了，当时他正与亨利·艾伦的乐队一同演出。

他住在弗斯特街二五二七号。

他被带到唐人街附近的看守所。脖子上的血管破了，做了缝合手术。

一九〇七年六月一日，民事初审法院的 T.C.W. 埃利斯法官，向民事行政司法长官 H.B. 麦克默里和 T. 琼斯颁布一纸禁令，把博尔登送进了精神病院，那家精神病院就在巴吞鲁日[①]的北边。沿密西西比河要走一百英里的火车车程。

他被带到这所南北战争前的精神病院，最后十五英里乘坐的是马车。

一九〇七年六月五日，他入住精神病院。“偏执型精神分裂。”

东路易斯安那州立医院，杰克逊郡，路易斯安那州，邮编七〇七四八。

死于一九三一年。

---

① 美国路易斯安那州首府。

◇

阳光洒在格拉夫街、菲利普街、利伯蒂街上，明晃单调。木墙上的油漆因受热而变皱，你用手就能把油漆碰下来。这是七十年前他生活过的地方，也是在这里他崩溃了，意识发狂他被捕了，被送到拘留所，他被火车运到巴吞鲁日，然后由马车载着往北，送进精神病院。他在这条满是原木房屋的街上开始他的职业生涯，直到在这里失去心智。他的音乐原乡现在一片寂静。那里几乎毫无声响，当我对准他可能工作过的理发店逆光拍下一组糟糕的快照时，我清楚地听到自己相机的咔嚓声。

这条街有十五码宽。我转悠的时候，三个男人站在街头远一点的地方观察着我，他们站在一块可口可乐广告牌下面。他们没在这里听说过他。不过其中一个人说，一年前有一个人带着磁带录音机，付费跟他了解情况，说博尔登是一位“知名的音乐家”。太阳把这里的一切都漂白了。可口可乐的广告牌几乎变成了粉红色。残存的油漆褪成枯草的颜色。下午两点的日光。他从这里彻底消失——甚至连他的骨头都已软化，分解，消失在霍尔兹公墓地下的暗流里。他疯掉的时候，正是我现在的年纪。

照片移动，变成一面镜子。当我读到他站在镜子前自虐时，记忆为之震颤。因为我曾做过同样的事。站立着，用一把剃刀划破脸颊和前额，剃掉头发。伤害我们不想伤害的人。他来到这房间，在镜子前跪下，坐在脚后跟上。开始说话。用拇指与食指捏住刀片，高高地划下脸颊。开始不敢划太深，只是划破表皮。当越划越深时，由于刀片很薄，还看不出伤口。他用这种方式，把他的敌人带到皮肤表面。由于大脑恨得深切，剃刀慢慢划过脸颊时竟几乎感觉不到疼痛。接着，刀片转向他的头发，他一片一片地剃掉。

能找到的资料很少。为什么我的意识停在你身上？有一句话写道：“当巴迪·博尔登在行进演奏列队中发疯的时候，他就成为了一个传奇……”这句话里隐藏了什么，竟让在我了解你的民族、你的肤色和你的年纪之前，让我向前伸出手，把它倾泄在你的镜子面前并抓紧自己？并不想装出你的腔调，只想用你的大脑和身体思考。你像一只候鸟，在你人生的半路上朝着精准的反方向飞，那烧毁了你的大脑。于是从一九〇七年六月五日到一九三一年，你被扔进东路易斯安那州立医院那凝固不动的琥珀中。一些人说，你疯了是因为你想同时演奏魔鬼的音乐和圣乐。阿姆斯特朗告诉历史学家，你发疯是因为演奏的时候太卖力，喝酒太多太野太疯狂。这么多的挥霍无度让你走向灭亡。你的演奏是行进演奏的高潮，接着，你从二十世纪追名逐利的游戏中抽身离去，你的余生是一片史实的沙漠。将这些事实挖掘出来，把它们像垃圾一样传播开去。

过去，人们把死狗埋在弗斯特街。道路上的坑坑洼洼让这件事情很轻松。而在霍尔兹公墓，由于地下水位很高，尸体在六个月之内便会腐烂。一年内，同样的位置可能又会埋葬下其他尸体。因此，对于我们来说，你在这里，而不是在霍尔兹公墓里，没有被插在麦斯威尔咖啡罐的塑料花，或插在水泥地上、四英寸高的塑料耶稣像，或是刻满名字的十字架包围着，它们看起来像整整一代人的花名册。

太阳吞噬街道的颜色。它是一张黑白照片，历史书的一部分。

◇

拘留所。我身体被扎了三针。把我身体翻过来，她们把止痛针刺进我的肥臀。我睁开眼睛，护士在那里，她脸上笑容紧绷，脖子紧绷。博尔登，你醒了？我点点头。我们互相看了一眼，然后她出去了。没有对话。我的喉咙发不出声音。每三小时，我走到门口，因为接着她会进来，可爱的手掌像托着一颗鸡蛋一样托着针。一滚，一扎，便把针扎进我的屁股里。现在去睡觉。点头。早上七点。给我洗澡。我坐直身体，她走来解开我背后的纽扣，把衣服推到我的肩膀上。看见了吧，我的手臂动不了。她把冰冷的肥皂水淋到我的胸口，使劲搓乳头和毛发。笑了。舒服？点头。然后把我的白色病号服再拉下来些，在我的胯部浇上更多冰冷的肥皂水。当她靠在我身上时，她的脸上泛起朝霞一样的红晕。每个碰过我的女人一定都很美。

博尔登的手，极度痛苦地
伸向空中。
他的头脑驱使他的手伸进
正旋个不停的电风扇。

最后一刻发生的事永远印在他的记忆里，无法抹去。

在东路易斯安那州立医院采访莱昂内尔·格雷米林。

博尔登的妈妈，爱丽丝·博尔登，每个月给他写两封信。叫他“查尔斯”。

一九三一年十一月四日，他在医院去世。

他去世的时候，他的姐姐柯拉·博尔登·里德接到了通知。

新奥尔良殡仪丧葬与尸体防腐处理公司的格德斯和摩斯负责处理他的遗体。十一月四日，他的姐姐发来电报——**“请将查尔斯·博尔登的遗体送至巴吞鲁日的 J.D. 吉尔伯特殡葬公司，由该司准备安葬。”**

遗体被从精神病院带出，经过斯洛特、瓦切里、森夏恩运回新奥尔良，被埋葬在霍尔兹公墓一座没有记号的坟墓中。

新教牧师舍德·布雷德哈姆教士，年轻时曾在那家精神病院工作。他在新奥尔良见过博尔登演奏。“极其活跃的一个人。他吹短号的时候，会绕着演出台走个不停……常常要走到窗户边向着外面的世界吹奏。”

罗伯德医生说：“他充当病人的理发师，从未公开宣称自己是爵士乐的先驱。”

白人与黑人之间的交流不多，很多信息很难发掘。这里没有黑人雇员。

格雷米林推测："他是一只大青蛙，他有过一名追随者。他有一个强大的自我，他的行为最终十分古怪。早先性格外向，随后像一个钟摆来一个大转弯，性情剧变。疑心很重。偏执狂。很可能有'内分泌方面的问题'。"

有时会用船沿密西西比河将病人送到圣弗朗西斯维尔[①]。

典型的一天：

早起：夏天早上四点三十分，冬天早上五点。

如果一个病人住封闭式病房，吃过早饭他会被送回病房。博尔登可能在开放式和封闭式病房都住过。如果是在开放式病房，他便被派有任务。指派给他的任务是给其他人理发。午饭，十一点三十分。

娱乐设施：排球和垒球。一周跳两次舞。

对于过度活跃的病人采用冰袋处理。场地嘈杂。

下午四点三十分到五点：晚饭。

晚上八点：睡觉。

一些是隔离区。"肮脏病房"是给大小便失禁的年老病人住的。"封闭病房"是给逃跑者和严重的精神病患者住的。"暴力病房"是给难以管束的病人住的。

---

① 在路易斯安那州。

◇

H.B. 麦克默里和琼斯送我走出拘留所，带我乘上一趟向北的火车。车窗外雨又密又急，看不清河面。穿过躺在田野里的菊苣，菊苣如天。火车经过时树枝摇晃，褐色的水沟好像往一边倒去。火车裹着湿答答的外套。蓝色项链将我的双手绑在一起。前往一处拘留所。因为嘲笑大雨，我漂亮的口鼻挨了麦克默里一拳。我的脖子温暖湿润，那感觉像是套进了一只鞋子。T. 琼斯坐在我旁边，我坐在窗户旁边，麦克默里在我对面。他的手使魔法一般朝我挥来，因为我的笑声跟火车发出的轰隆声一样响亮。坐在地平线边的陌生人。我的脖子里湿漉漉的。起绒草粘在我脖子里。你看，我的喉咙动过手术。你看，我的喉咙缝过针。一只山羊将角伸进我体内，拖着我往前走。让我告诉你，山羊在我身体里过冬，然后它像泥一样瓦解，随后他们用针把山羊缝起来，他们用衣服捆住我。

我正前往拘留所。麦克默里和琼斯一人抓着我的一只手。那里会有穿着蓝睡衣平胸的女人。手臂上有肌肉的人会在那儿。领结。皮带。靴子。

他们让我爱他们。他们是照顾我的手臂们。第二天，他们来到我的房间，扒下我的衣服，把我摁到一张桌上，弄破我的屁眼。他们给我穿上一条白色的裙子。他们知道我是一名理发师，我没跟他们讲过我是一名理发师。不会告诉他们。不能告诉他们。靴子塞在我的喉咙里，食物得爬过它才能下去，在胃里与它们所有的小伙伴会合。你好，香肠。你好，白菜。你们见到那只该死的靴子吗。是的，我差点转身回到盘子里去。我们置身其中的家伙究竟是谁?

太阳每天都来。放下绳子。我将绳子排成行摆在房间里。我看着太阳蹑手蹑脚地移动着它的身体爬过格子窗。当太阳碰到第一根绳子时是十点正。当太阳碰到第二根绳子时，是下午二点。当第一根绳子的阴影落到第二根绳子下面时，是下午四点。当阳光抵达门时，不一会儿天就会黑了。

我的房间里传来大笑声。当你想向我解释，我会朝你吐口水，黄色的口水，从我嘴里吐出来。

◇

夏天的时候，他们每天早上四点三十分起床。他们洗漱好，忙活一个小时，然后到六点，他们排成队，从桌上拿起叉子，开吃。七点，他们将叉子举过头，这样刀叉就被收走。早饭安静，午饭闹哄哄。那是他们唯一的特点。

每周一早上，他为他们理发。他从来不是一位技术好的理发师，但表格上说他是。于是他跟一位老人一起，在餐厅的一角为人刮胡子、理发。那位老人的技术比他好，但他在博尔登到来两年后去世了。他被要求训练一些新手，他没有回应，但有几个通过看他理发学会了手艺。其中一个病人，叫伯伦特·洛德，他每周都过来，想从博尔登手中抢过剪刀。每天当班结束，博尔登就一只手举起剪刀和刮胡刀，剪刀和刮胡刀会被拿走，锁起来。

洛德听说过博尔登的名声，一直劝他逃跑。洛德的噪声从未中断，就像是墙纸，博尔登完全不顾他的劝说，甚至不想理会他话里的意思，他把这些噪声当作是身边的狗叫。

他从没见过洛德除了嘴上功夫之外做过任何事，直到他逃跑的那天。于是当洛德瞄准机会，毫不犹豫地逃出去时，博尔登头一次对他有了印象。尽管博尔登没有听进他的跟班说的话，他曾经将博尔登的沉默当作神谕，但他不知道伯伦特·洛德准备做什么。

所有人都跳上桌子看热闹。是安特里姆挑的头，他正在注射每周打一次的针以避免癫痫发作。他开始与弗农医生争论，找出一些荒谬的理由。医生们在他的两只手臂上交替打针，安特里姆肯定地说这周应该是打左臂，但弗农已经卷起他的右袖子。弗农放下针头，安抚焦躁的病人。这时洛德穿过开着门的病房，跳起来一手夺过注射器，用另一只手臂勒住医生的脖子。

他把医生拖到大厅，注射器针头离医生的眼睛只有几英寸远，他强迫守卫打开门。两个守卫犹豫不决，洛德焦虑起来，用力握紧拿着玻璃注射器的拳头，针管碎了。他仍握着针头，像一支飞镖，不过现在手松了一点。守卫见针头仍然紧贴医生的眼睛，于是打开了门。洛德便叫其他人跟他一起逃，他一遍遍叫着博尔登的名字，但他的朋友现在就坐在理发师椅子上，看着这一切，等着他的另一位客人，那位客人正在桌子上上蹿下跳。就这样，洛德逃走了。他在杰克逊镇上溜达了两天，然后被抓回来暴打一顿。他的一条腿瘸了，他说在跨过篱笆的时候差点弄断脚踝，其实不是那样。他在外逃期间，精准地割下了一只可口可乐玻璃瓶的瓶底。他把瓶底磨成锋利的圆盘，藏在左脚底下。他把它藏在有点儿挤脚的鞋里，走路才像瘸子一样。他有了武器，他回来救博尔登。

摘录自莱昂内尔·格雷米林著《东路易斯安那州立医院简史》

医院创建于一八四八年。从新奥尔良的慈善医院转来八十七位病人。

一八五三年　　一个特别委员会的少数委员提出报告说，病人生活极度贫困，没有足够的食物。正餐是一小罐汤，肉只有鸡蛋大小，还有一小片面包。早饭是面包和咖啡。晚饭是面包和茶。女病人没有合适的衣物可穿。病房内没有暖气。

一八五七年　　J.D. 巴克达尔出任院长。这是第一次由医生掌管该院。

一八六一年　　医院收容三十六位姑娘，几乎都不到十二岁。

一八五五年　　痢疾肆虐人满为患的病房，据说“被感染的病人像被镰刀割掉的青草一片片倒下”。

一八五九年　　诱发精神病的某些因素：生病、失去财产、过度吸烟、疲劳过度、家庭烦劳、癫痫、手淫、思乡、头部受损。最大的一类因素是“原因不明”。

一八六四年　　在杰克逊镇的大街上，巴克达尔院长被一位美国士兵枪击身亡。

在南北战争期间，几乎无法为医院供应食物和水。

一八八二年　引入作业治疗。病人被派去编织垫子。

一九〇二年到一九〇四年　一千三百九十七位病人，其中四百九十位是黑人。医院买入铁制盥洗室和厕所。在女病房楼前的草坪上修建了一个二十英尺宽的喷水池，里面养了金色和银色的鱼。

一九一〇年到一九一二年　一千四百九十六位病人。年死亡率达到 11%。买入一台可移动电影放映机供病人娱乐。在医院做了一个柩车。买了一辆汽车，一次可接送七八人来往于火车站。

一九一二年到一九一四年　医院乐队每天下午都在医院草地上表演，从下午二点一直表演到下午四点。一千六百五十位病人。一九二四年，首次瓦色尔曼检测[①]。博尔登做了测试。阴性。

一九二四年之后　T.J. 博金斯医生出任院长。两千一百位病人。

一九三一年　巴迪·博尔登去世。

一九四八年　购入医用震荡机。今天仍在使用。

---

① 瓦色尔曼检测，用于检测梅毒。

◇

威利·康沃尔

之后，每个人都出名了。爵士乐被载入史册。唱片资料馆的人正忙着灌唱片、采访。他们不在乎受访者是谁，他们只管让他们不停地讲。谈阿马克、伍德曼、波蒂厄斯，谁都行。他们没有问他的妻子和孩子怎么样了，没有人知道布鲁伊特夫妇的事。我所拥有关于巴迪的所有资料，只有这张照片。是韦布给我的。我永远不想谈起他的事。

不知道说什么。他从别人那里偷来、学来一切天赋和智慧，随后他将它们粉碎，就像从高速行驶的卡车上往下扔冰块。他怎么看待这一切？如果我们不知道不了解这一切，该有多好？我认为贝洛克用他那卑微的沉默腐蚀了他，于是巴迪走了，留在这里的贝洛克因他的出走震惊。巴迪走了两年，然后回来，温和地与我们相处，直到他不得不离开……他在孩子们、在诺拉、在所有人面前疯掉。

接着，天啊，天啊，他待的那家医院和那里的人，他像一根在血里流连的大头针。他所有的朋友都在外面，好像他们站在看台上看他。当他们意识到他再也不会出来的时候，所有那些他几乎都不认得的人，所有那些傻瓜，都开始谈论他……

◇

这房间里有空气

　　　　　　还有一个角落

还有一个角落

还有一个角落

还有一个角落。

如果你不摇，就别想吃蛋糕。

一九二二年，贝拉·达文波特嫁给威利·康沃尔。
康沃尔身高六英尺三英寸，体重二百九十七磅。
“我嫁给他的时候，他健康得像一头猪。”

康沃尔第一次中风，是在兰帕特街
和朱利安街路口，他那时正在演奏。一只手臂瘫痪。
贝拉询问曾与康沃尔
一起演奏的那些人——

“他和巴迪都是那种情况”
和
“他们所有人几乎都疯了”

◇

病人抗议守卫的强奸行为、糟糕的管道设施、劳役、没有暖气，并组织了一场罢工。毫无用处。接着，他们割断自己的跟腱。博尔登没有这么做，他幻想自己强奸了穿蓝色睡衣的女人。他按部就班地工作。伯伦特·洛德走到大厅，将可乐瓶底从每一扇门下塞给病人。他们接过那锋利的玻璃，割断自己的跟腱，再把玻璃递回去。博尔登本来在窗户边等待清晨的到来，看见这奇异的武器钻进他的病房。他走过去，听到木门那一边传来低声的命令，他凝神看着它，用脚碰碰它，慢慢将它推回给洛德。洛德一共将那块玻璃送进二十八个病房。

早上，当门打开的时候，发现那些人把睡衣当成绷带，绑住脚后跟，全身赤裸。阳光洒在博尔登等待多时的脸上，他笑了，精神抖擞地走出去，吃早饭时，差不多就他一个人，在那里，他又遇到了曾来拜访自己的人。这天早晨，那一块耀眼而华丽的阳光延展成长方形，几乎爬到他的盘子上。阳光如此明亮，连旧桌子上被叉子划出的纹路都清晰可见。今天他很没胃口。他不时把勺子放进锡碗，把手伸向笼罩在他朋友身上那温暖的黄色，同此同时，他的朋友魔法般将他的光照到博尔登的手上，这样就让手变得暖暖的。那天晚些时候，他跟随着他的路径而移动。他在进行着的光的轮幅中洗脸，在光的热气中清洗、烘干他的嘴、鼻子、前额和脸颊。整整一天。受到他朋友的来访的眷顾。

◇

多年后，韦布来到城里，那是一九二四年，他在一个人声鼎沸的聚会上，在一个角落跟贝拉·达文波特聊天，她已成为威利·康沃尔的妻子，贝拉·康沃尔。他们交谈着，最后聊到博尔登。韦布说他是博尔登的老朋友。正是汤姆·皮克特在普瓦德拉大街被枪杀的那一年。聚会在拿破仑舞厅举行，两层楼的房间、楼梯，还有外面的门阶上都挤满了人。许多年后，韦布回到这里，站在贝拉·达文波特身边，直到她格格作响地摆弄着她的白色瓷质珠链，说她是贝拉·康沃尔，才对她产生兴趣。韦布看着她，意识到他们都老了，细密的皱纹深深刻进他们的脸。

因此，一定是谈起皮克特的死才谈到博尔登的。他和威利都是那种情况，她说。他跟她一起坐在楼梯的拐弯处，他说巴迪的死让他很意外，他一直希望博尔登感到厌倦的时候，能从沉默中跳出来。该死，我肯定他只是一直逃避，你知道，逃避我们所有人。我肯定他会穿着红衬衣回来。是啊，诺拉的信真是让我意外。那时我每隔几个月都去看他，虽然他什么话都不说。后来诺拉写信说，不想再麻烦任何人了，因为巴迪死了。你怎么了。他抬起头，因为摩擦珠链的响声停了下来，贝拉·康沃尔一动不动。但他没有死，她轻声说。他一直在医院，州立医院，他一直在那里，天呐。诺拉什么时候写信给你的？

八年前。

他一直在那里，到现在十八年了。一年前威利去看过他。他什么都不做，什么都不做。不说话，只绕着圈摸来摸去。其中一位医生告诉威利，他必须装作博尔登的弟弟。威利坐在大厅里，跟医生谈了一整天。威利的中风刚恢复，天呐，他们告诉他，巴迪老是摸东西，约有二十样东西他会摸，一个一个地摸，就是那样。他不说话，你知道吗？他们甚至有一支乐队，但他跟那毫不相干，他一直在理发，但前阵子也没理发了。现在他只摸东西。威利护着他那双柔软的手，风尘仆仆赶往医院，一路在瓦彻里那样的旅店过夜，可巴迪没有对他说一句话。他和威利就那样。甚至不愿装作认识他。那个医生说大多病人都认不出来看望他们的人，但他们会假装认出，这样他们就有了伴。但巴迪不那样。威利陪着他转悠，他像在巡游或视察那儿，浴缸上的水龙头、门框、长凳，诸如此类的东西。

她说个不停，翻来覆去说着，来回说她已经说过的事，更加详尽地讲给韦布听。韦布说不上话，只得绷紧身体，头靠在身后的墙上，好像正试图避开她话里的气味，好像她嘴里的气味钻进他嘴里，把毒药喷进他的嘴里。于是，他的脑袋昏昏欲睡。他对此无能为力，只能用身体回应着。她还在说，不知道他曾把巴迪带回家。相反，看着她的话起了作用，她像情人般弯腰细语，离他更近了，被聚会上巨大的声响包围着，她一遍遍告诉他，他摸东西，比如摸手龙头，先摸热水龙头，再摸冷水龙头。但这话不是真的，因为在东路易斯安那州立医院只有冷水龙头。但她继续描述着——好像被这奇怪的举动吸引，就像痂下面的痒痒，挠了才舒服。他缩起僵硬的身体，试图突破这面墙，试图突破外面的每一根神经，好像贝拉的嘴爬过他全身。他陌生的身体有了反应，冲下台阶，踩在手和玻璃上，几乎撞翻楼梯上的人群。他面带微笑，大声喊劳驾、劳驾我要吐了。但他知道，他根本没什么好吐的。

贝拉看着那扭动的身体冲下楼梯，现在注意到了她右边墙上潮湿的印记，那是他的汗水。在那过去的几分钟里，汗水渗出他的皮肤、透过他的衬衫和咖啡色的夹克，印到了墙上。

◇

弗兰克·阿马克采访记录。转录成文字的摘要。杜兰图书馆。在资料里出现的还有威廉·罗素、阿兰·贾菲、桑德拉·贾菲、理查德·B. 艾伦。

卷一 一九六五年六月二十一日

张开手臂演奏一支古老的拉格泰姆的旋律（几乎立即）。他记不得这支拉格泰姆的名字。他谈论他把两手张得老远还能演奏的高超本领。他喜欢打赌说，在这点上没有人能胜过他。他现在说，最后那支歌是他写的。

然后他说，这种把手臂用力伸向两边的方式，是弹钢琴的正常姿势。然后他说，公众喜欢的那些钢琴师没他弹得好。问他多大年纪，他回答说，到一九六五年三月二十二日满七十五岁。阿兰·贾菲要听《我的约瑟芬》。弗兰克·阿马克弹起《恒河上的月光》。他说，他原来跟杰利·罗尔·莫顿[①]一起混迹在比格街二十五号。他当时在那里演奏，就在比利·菲利普斯在兰奇街一〇一号被杀的那晚。“嗜血吉卜赛”就在比利·菲利普斯自己的酒吧前杀了他，那是复

---

① 杰利·罗尔·莫顿（1890—1941），早期爵士乐钢琴家，在新奥尔良开始了他的职业生涯。

活节后的星期一凌晨四点二十分。“嗜血吉卜赛”随后穿过街，杀了哈里·帕克。那时演出的报酬是一晚一美元到一个半美元，外加小费。钱在那个时候要值钱得多。他解释“拉格亚布”（Lagniappe）的含义。他说，这个词是“更快”。

卷一完

卷二

接下来，说的跟华尔兹有关。他说他会演奏《西格马·奇的情人》和《舒伯特小夜曲》。威廉·罗素说想听《舒伯特小夜曲》，弗兰克·阿马克却演奏起《德里戈小夜曲》。他说他一度变得极为富有，但转眼成空。他一度拥有五套不同地方的住宅。他一度拥有一个酒吧和一个餐馆。福利救济部有他所有以前财产的记录。

卷二完

卷三

他演奏《房子已经准备好》。他演奏《阿摩斯与安迪的主题曲》。接下来，张开双臂又来一段缓慢的拉格泰姆。（他的一些拉格泰姆名字很不堪。他不会在桑德拉·贾菲、理查德·B. 艾伦面前讲出来。）弗兰克·阿马克说他以前演奏过数千首拉格泰姆。他不知道怎样演奏杰利·罗尔·莫顿的《珍珠》。之后，他演奏并演唱了《我会在梦里见到你》。结束后，他要了一小杯酒。

卷三完

卷一　更正资料的摘要一九六〇年七月一日

一八九〇年三月二十二日，弗兰克·阿马克生于新奥尔良。他从十六岁开始演奏音乐，在烟花柳巷演奏。他的第一乐器是钢琴，随后他用吉他演奏。理查德·B.艾伦问弗兰克·阿马克有没有演奏过（托尼·杰克逊的）《裸体舞》，弗兰克·阿马克说他演奏过很多次，但钢琴师只被允许低头看着键盘演奏，不能看妓女。接着，弗兰克·阿马克说，他现在仍然看起来年轻是上帝的意志，一定是的，出于某些特别的原因，他得到了上帝的拯救。

他说，他知道他可以演奏出他在电视上听到的大多数乐曲，他所需要的只是一个机会。

卷一完

卷二

（没有有意思的信息）

卷三

弗兰克·阿马克说，一个真正优秀的歌者，比如佩里·科莫，他应该能够演唱他演奏的乐曲，这支乐曲都是他自己写的然后大获成功。弗兰克·阿马克说，A.J. 皮龙听过他演奏这支乐曲，那是多年前的事，皮龙说这是他有生以来听过的最美妙的乐曲，他会写下来，这会让他成名。这支乐曲的名字是《所有男孩爱上我，就这样》。强尼·圣·西尔写的词，是皮龙记下的乐曲。妓院所有人都喜欢这支乐曲。它是你听过的最不寻常的布鲁斯。它是那样悲伤。它讲的是一个男人带着他的姑娘前往一个舞会。姑娘却与另一个男人调情。他没有与那个男人打斗，却把她带回家，唱起了这首歌。（弗兰克·阿马克既演奏又演唱。）歌词里满是遗憾，他告诉他，他后悔遇到她，并说他将会带她到树林里开枪打死她以结束这段关系。他杀了她，但还爱着她，他告诉入殓师要小心地照顾他漂亮的宝贝。

卷三 完

卷四

弗兰克·阿马克回答关于优秀短号手的问题，他说，巴迪·博尔登是吹奏得最响的短号手。弗莱迪·凯帕德是一位大师，曼努埃尔·佩雷斯也是。但所有大师中最杰出的是詹姆斯·麦克尼尔，他在学院受过训练。相反，博尔登演奏的是那种“低俗的老音乐”。弗兰克·阿马克说他记得《骚臀》(也叫《巴迪·博尔登的布鲁斯》)，弗兰克·阿马克记不得奥古斯特·罗素。他说强尼·戴皮特是一位优秀的小提琴手。他说富兰克·德兰卓（或者是德·兰卓或德兰卓罗？）是他听过的最棒的吉他手。他说德兰卓死的时候，所有吉他都跟他一起埋葬了。

卷四完

◇

T. 琼斯

“他乘的那趟火车——抱歉，让我重新开始。那趟火车开出了一百英里。没人知道他是谁，所以那段路没出现任何问题。在拘留所里他脖子上做过手术的地方缠着绷带。脖子上面他那张面无表情的脸直直地看着前方——他们都是这个表情，好像在表演他们对自己身体的控制有多强。黑色外套，衬衫敞开。一整天河都在我们旁边，密西西比河，像一位与他共同上路的朋友，像一位看着哈克·费恩[1]乘着火车下地狱的观众。噢，你知道，一定的，我也读过那本书。我明白那个笑话。我知道他很重要，但他也会生病，也会发疯……

“到巴吞鲁日的时候，绷带染满了血，虽然他几乎没有动弹。我递给他一块纱布将伤口再包扎一圈。一路都很顺利。没遇到任何麻烦。一定是昨天的手术让他太累。从巴吞鲁日起，我们乘马车，经过森夏恩、瓦切里、斯洛特。四十八英里。他还是很平静。到斯洛特北面时，我和麦克默里想去游泳。天气太热了。我们停了下来，找到了一条小

---

① 即美国作家马克·吐温所著《汤姆·索亚历险记》、《哈克贝利·费恩历险记》中的主人公。

河。我们把他弄下马车，带到离水边一百码远的地方，他只是站在河岸边。我们轮流游泳的时候，他在旁边看着。那是六月五日，那天晚些时候，他被接收入院。此后我们再也没见过他。我们让他在院长办公室的椅子上坐下，取了签过字的文件，把他留给他们。”

他们穿过奥杜邦画笔下的乡村。在离绿沼泽地二十英里远的地方，他等着看鸟儿飞到树枝上，正好压弯他眼前的树枝。奥杜邦先生一直画画，到中午才停下，跟经常随行的助理一起吃午餐。午餐要吃一篮食物，为了不把野生动物吓跑，开葡萄酒瓶时会让声音尽量小一点。

◇

我坐在这间屋子里。与墙脚发黑的灰色墙壁在一起。一扇钉着齿条的窗户嵌在墙上。坐着，如此安静，安静得你能听到你的头发摩挲你衬衫的声音。当云和其他东西掠过，我从窗户向外看去。三十一岁。生命中再没什么可期待。